S 文庫

空中飞马

北村薰日常推理代表作

[日] 北村薰 / 著
张智渊 / 译

贵州出版集团
贵州人民出版社

SORA TOBU UMA
by Kaoru Kitamura
Copyright © 1989 Kaoru Kitamura
All rights reserved.
Originally published in Japan by TOKYO SOGENSHA CO., LTD., Tokyo.
Chinese (in simplified character only) translation rights arranged with
TOKYO SOGENSHA CO., LTD., Japan
through THE SAKAI AGENCY and BARDON CHINESE CREATIVE AGENCY LIMITED.
Simplified Chinese translation copyright © 2025 by Light Reading Culture Media (Beijing) Co., Ltd.

著作权合同登记号 图字：22-2025-003 号

图书在版编目（CIP）数据

空中飞马：北村薰日常推理代表作 /（日）北村薰
著；张智渊译 . -- 贵阳：贵州人民出版社，2025.4.
(S 文库). -- ISBN 978-7-221-18971-4

Ⅰ.I313.45

中国国家版本馆 CIP 数据核字第 2025R5J192 号

KONGZHONG FEIMA（BEICUNXUN RICHANGTUILI DAIBIAOZUO）
空中飞马（北村薰日常推理代表作）
[日] 北村薰 / 著
张智渊 / 译

选题策划	轻读文库	出 版 人	朱文迅
责任编辑	彭 涛	特约编辑	杨子兮

出　　版　贵州出版集团　贵州人民出版社
地　　址　贵州省贵阳市观山湖区会展东路 SOHO 办公区 A 座
发　　行　轻读文化传媒（北京）有限公司
印　　刷　河北鹏润印刷有限公司
版　　次　2025 年 4 月第 1 版
印　　次　2025 年 4 月第 1 次印刷
开　　本　730 毫米 ×940 毫米　1/32
印　　张　10.375
字　　数　190 千字
书　　号　ISBN 978-7-221-18971-4
定　　价　35.00 元

关注轻读

客服咨询

本书若有质量问题，请与本公司图书销售中心联系调换
电话：18610001468
未经许可，不得以任何方式复制或抄袭本书部分或全部内容
© 版权所有，侵权必究

空飛ぶ馬

给父亲

目 录

织部的灵魂
1

砂糖大战
67

胡桃中的小鸟
125

小红帽
191

空中飞马
257

导 读
315

织部的灵魂

1

好困——说到这个，高中时期，当我早上被叫醒时，真的好想继续睡。

该起床啦，听到母亲这么催促，我还在半梦半醒之间挣扎了几分钟。哎呀，再睡十秒就好了。我穿着水蓝色睡衣，跨坐在钟摆上，在地狱的折磨与天堂的喜乐之间摆荡，一来一往地轻轻摇晃。再也没有比每天早上在枕头上磨蹭脸颊更舒服的了，我还清楚记得，发丝滑过脸颊与耳际，熟悉的枕头上印着我脸的形状。

那也不过是几年前的事，不必刻意用"过去"形容。

"女孩子老是睡到这么晚，小心嫁不出去哦。"

升入大学之后，母亲不再叫我起床。我经常在快到中午或不算早的上午醒来，顶着昏沉的脑袋，一边听着她以"女性"过来人的身份损我，一边摇摇晃晃地从二楼卧室下楼，走进厨房。

"又来了……"

这时候，我会用不像女孩子的口吻，一边嘀咕着"男生就可以睡到太阳晒屁股吗"或"早上爬不起来都要怪我天生有低血压"，一边洗脸。

所以，早上有第一节课的日子真的很痛苦。大学的第一节课比高中的更早，还得从邻县[1]千辛万苦赶到东京，简直要了我的命。

直到一年级上学期为止，我都很认真地去上课。不过，并不是每天一大早都有课，有时候，中午再出门也来得及，但这样反而更痛苦。久而久之，我知道老师在开始上课三十分钟后才会发出席表——在大教室上课时，由学生在这张纸上写下姓名和学号，这么一来便算出席。

早晨的三十分钟。

听说吃水果要讲究时间，早上是金，中午是银，晚上是钢。我不太清楚，但是母亲说，对身体有益的食用顺序是这样。撇开这点不谈，若不论精神充实度，单就"因为忙碌所以宝贵"的说法而言，早上的时间确实是18K金。迟到三十分钟也不算迟到，真是太诱人了。

于是，念女子高中时，除了有一次做手术割盲肠，不迟到、不缺席、不早退、打扫时间从不翘班的我，

---

[1] 日本的县相当于中国的省级行政区，日本全国一共有43个县。（若无说明，本书脚注均为译者注）

如今却沦为迟到大王,这都要怪都市生活让女人堕落。

然而,躁郁状态总是突然降临。昨天,我看书看到半夜三更,今天一大早就醒了。顺带一提,我的嗜好就跟文学院的学生一样,喜欢逛旧书店。昨天拿起来啃的是新潮社在1929年出版的《世界文学全集》。我读着科佩[2]的《狮子之爪》(*La Griffe de Lion*),下定决心要洗心革面。

于是,今天早上莫名地感到神清气爽。屋外淅淅沥沥地下着春雨,滴滴答答的雨声,却没有让我想睡回笼觉。

我没来由地满心雀跃,下楼到餐厅吃早餐,说了声"我去上学啦",便走出家门。

Attack! Attack! 我无意义地喃喃自语,握紧伞柄走向学校。

这种高亢的心情与那种慵懒的情绪——想睡,正是一切的起点。

2

白跑一趟的感觉真讨厌。

---

(2) 弗朗索瓦·科佩(François Coppée,1842—1908),法国诗人,以用略带感伤的笔调描述穷人生活而闻名。曾任职于法国陆军部。

我爬着文学院那长长的斜坡往校舍去,有一种莫名不祥的预感。最近都没有从容不迫地上第一节课,所以对这件事感到不对劲——连我都佩服自己——不祥的预感或许因此而起。所以当我穿过天寒地冻的中庭、看到系办前的告示板时,心想,我就知道!

(停课。)

对了,我家厨房的餐桌上放着一个小酱油瓶。不知为何,去年老是有小飞虫从瓶口跑进去。不管怎么洗,虫子还是会跑进去,总之很恶心。从营造餐桌氛围的目的来说,我讨厌不卫生的感觉,不得已只好换成完全密封的瓶子。

我在餐桌前坐下,它就摆在我眼前。我将标签上的成分表转过来,就算不想看也会看到最上面写着"浓酱油"。我第一次看到时,心想这是什么鬼东西?

——我把它看成了"脓酱油"。

若是平日,我看到停课的告示,一定会轻佻地高呼"lucky",这时却啐了一句"可恶"。

毕竟现在才早上八点,而我的下一节课在下午,简直欲哭无泪。

这时,雨势转小。我嘴里嘀咕着"生协[3]几点

---

[3] 全称为"生活协同组合",是许多日本民众心中的全方位超级市场,价格合理、货种齐全。进驻许多大学校园的生协,不仅是便利超市,也向学生提供买书、旅游、租房、印刷等多元化的服务。

开",撑开伞,不由自主地走向文学院大楼,而不是往教室大楼方向。文学院里有研究室,那是一栋感觉像是把国语辞典竖立起来的建筑物。

据说"笨蛋"与"烟"都想往高处爬[4],不过我像是被吸进了电梯,无意识地挑了某层楼下去。长长的走廊上空荡荡的,这里大概是六楼或七楼吧。我从大片窗户往外看,外面是一个不可思议的早晨。

昨夜以来的雨偶尔化为银丝,阳光终于划破黑压压的天空。

天空乌云密布。但是,阳光就像一把巨大的奶油刀,在地平线上方划了一圈,割下了云的下摆。我从未看过如此层次分明的天空。

天空的大部分被抑制梦想的绝望与充满压迫感的漆黑笼罩,我想,戴钵公主[5]看过的天空应该就是这样。然而,横亘于天空的云层下方,反而显得异常明亮。家家户户濡湿的屋顶闪烁耀眼,纵目远眺,神社的樱花树绽放着新绿的光彩。

那幅景象令人不禁想叹一口气。

---

(4) 日本俗语,愚蠢的人会随心所欲地去高处(危险的地方)而不考虑后果,或者很容易被愚弄,就像往上冒的烟。——编者注

(5) 出自日本古代民间故事集《御伽草子》的一个故事:古代的河内国有一位长者藤原实高,因膝下无子,乃向长谷寺的观音祈求,进而喜获一女。由于女儿长得太美,遂让她头上戴着大钵,故而得名。

我出神地看着，仿佛是为了看这幅景象而来到这里。原来如此，这样也好。

我觉得双眼模糊不清，是因为睡眠不足吧，我应该是想睡了。

那景色在玻璃上与我短发的影子重叠，我把脸贴在玻璃上，额头感到一股冷硬的触感。头冷脚热，很舒服的感觉。我就这样靠在玻璃上呵气，玻璃倏地蒙上一层白雾，我用指尖在下方涂鸦——L'histoire（历史）。

宛如花朵的九个字母迅速褪色，与白色背景一同消逝。我像是被人拉了一把，又将额头贴在玻璃窗上，但是这次呵气呵到一半，变成了打哈欠。这时，我右手提着包，左手拿着收起来的雨伞。

我想用伞遮住嘴巴，但看到伞尖濡湿的部分，又把手放下，四周没人，不过窗外可能会有偶尔扫过的视线。我转向静悄悄的走廊，双手用力向两旁伸展，像只上台表演的海狗，挺起胸打了一个大哈欠。

我长得还算可爱，虽然这种话不该自己说，但这个举动简直糟蹋了我的形象。为了把嘴巴张大，双眼自然会紧闭，所以当正前方的门打开时，最先有感觉的是我的听觉。

吓死人了。我以为心脏会和哈欠一起从嘴里蹦出来。

"哎呀，好豪迈的姿势。"

开门的人说了一句令我无地自容的话。不过，这是主观感受的问题，对于当时的我而言，就算被说成"我是猫"，也会倍感羞辱吧。平心而论，对方没有责任。再说，他的语调并非嘲弄或惊讶，而是充满了歉意。仔细一想，这时候能说的，或许只有这句"哎呀，好豪迈的姿势"。

而我也为了吞下哈欠，把嘴巴闭得很小，口齿不清地说："……啊，您好……"

若要替言语着色，这个"啊"和"您好"大概都是鲜红色的。我糊里糊涂地应道，察觉对方是教近代文学概论的加茂老师。

一双十分老实的眼睛，在粗框眼镜底下眨呀眨地直盯着我。另外，那厚唇有一种厚实感。

实际上，我不太清楚比我年长的人的年纪。因为我还没到那个年纪，所以觉得这是理所当然的。辨识三四十岁的人更困难。概括而论，他们看起来都是大叔了。

加茂老师的发量不多，看起来比实际年龄老。总之，他的年纪比我父亲大，有六十几岁吧。

"嗯……"

老师一脸在思考该接什么话的表情。不过，他的嘴唇开始扭曲。我发现他正在憋着一个呼之欲出的哈欠，我露出了会心一笑，是我传染给他的。

老师像个恶作剧被逮个正着的孩子，露出了尴尬的表情，然后笑着说："要不要喝咖啡？"

3

一定是速溶咖啡。为什么呢？我的直觉如此告诉我，孰料老师手脚灵活地装设滤网，从罐中舀出咖啡粉，倒入咖啡机。

随后，满室书香的研究室里散逸着咖啡香气。

比起咖啡，我更爱红茶。但这股香气有一种令人难以抗拒的吸引力。

"你是……"老师从角落的餐具柜里拿出茶杯，以确认的口吻不疾不徐地说，"辰巳艺伎小姐吧？"

"是的。"

这一问一答，听在第三者耳里，肯定会觉得奇怪。其实事情是这样的，在第一节课上，老师首先以轻松的闲聊作为引导，不久便聊到许多常理会随着时代变迁变成非常理。

"举个例子，我接下来要说江户时代的故事。各位听过辰巳艺伎[6]这个名词吗？"

老师十分客气地问道，正好从我这一排的起头依序询问。当时，我坐在从前面数第四或第五个位子。

---

(6) 日本江户时代活跃于江户深川（如今的东京都深川）的艺伎们。深川位于江户的辰巳（东南）方位，人称"辰巳艺伎"。

众人回答之后,老师点到了我。我畏畏缩缩地说:"我想是指深川的艺伎。"

由于父亲是国文系出身,家里有江户文艺的书籍,所以我知道辰巳村的艺伎这个俗称,她们不同于吉原[7]的烟花女子,别有一番风味。我从小学就将黄表纸[8]当作图画书欣赏。如今回想起来,有许多看不懂的部分,像是《卢生梦魂其前日》或《十四倾城腹之内》,总之没有什么理由,就是觉得很有趣。

小时候,我有个怪癖。若是自我分析,大概会把幸福乘以幸福,好让幸福达到完美的状态。一旦拿起有趣的书,一定会兴冲冲地准备食物。反过来说,一旦家里有蛋糕这种伴手礼,我也会兴冲冲地准备喜爱的书。

当然,母亲不可能不骂我"没吃相",但父亲开车载家人时,也会对家人说"红灯转绿再告诉我",然后在驾驶座上看书。所以站着看书、不惜节省吃饭时间的习惯,也不过是承袭家风,怨不得我。

在这些"兴冲冲准备的书"当中,包含了刚才说的黄表纸。后来,我看书的范围越来越广,也看起了

---

[7] 江户幕府公认的红灯区。
[8] 江户时代中期,流行于1775年之后的草双纸(一种大众绘图小说)。恋川春町的《金金先生荣花梦》(1775年发行)是公认的成人读物,与之前幼稚的草双纸有所区别,人们称往后的一系列作品为黄表纸。

洒落本[9]。

"嗯……"

老师听完我的回答，当然是一脸期望落空，觉得无趣，轻抚着脸颊问："你是东京人吧？"

"不是。"

老师这才明白为何我会那么说。

原来他记得那件事。

老师将冒着水蒸气的咖啡杯放在我面前。这咖啡杯的款式比一般的更深、更大。我看着咖啡杯，想起了刚刚那不可思议的天空。杯体的颜色分隔虽非水平，但也分成了黑、白两部分。我将把手转到右边一看，两种颜色几乎以正中央为界线斜切，左边是黑色，右边是白色。

黑色是浓重的颜色，所以这边的面积渐渐变小，两者之间取得了平衡，白底部分绘着自然而力道强劲的"井"字形花纹。

这种高雅的器皿，被我拿着真是可惜。

"织部的咖啡杯，很罕见吧！"老师坐在我面前，如此说道。

"哎呀，这是织部啊？"

我只学了几年钢琴，与茶道无缘。高中文化祭

---

(9) 江户时代中期的一种大众文学。内容大多为描写男性到红灯区寻花问柳，描述艺伎与客人之间的你来我往，或嘲笑庸俗客人，除了可供阅读，也是实用的旅游指南。

时，茶道社的朋友强迫我买餐券去喝茶，一席四五个人，虽说我没有大口灌下，可也只是学前面的人慢慢啜饮而已。可见我关于茶杯的知识粗浅得很。

"织部不是绿色的吗？"

在我家，母亲有时候做饭会搭配菜色，选用方形钵。母亲说："这是织部哦。"所以那幅景象成了固定画面，深植在我脑海中。

"上面有布纹。"

我自暴其短。

"有布纹的是用模型做的。"

老师以说明的语气缓缓说道。

"在模型上铺布，在上面放土，然后用力……"

老师边说，边像鞠躬似的身体向前倾，然后使力。

"压紧之后拿掉模型，喏，铺了布就可以完整地拿出来。所以啊，手工做的就没有布纹。"

"是。"

"另外，颜色不限于绿色。原本的织部是指……"

老师说到这里，不知为何忽然噤口，然后像是想到什么似的拿起茶杯。

"趁热喝。"

总觉得老师的态度不自然，但是香气扑鼻，于是我欣然伸手。虽然没人说不准喝，但如果老师不邀请，我实在不好意思享用。

早上的天气凉飕飕的，我感觉有一股暖流通过喉咙。

"真好喝！"

我就像美食漫画中的女孩一样发出赞叹，但这不是逢迎讨好，这是我在将近二十年的人生中，喝过的最好喝的咖啡。老师开心地眯起眼，旋即露出"不好，粗心大意了"的表情。

"噢，不好意思，你要糖和奶精吗？"

坦白说，我平常喝咖啡一定会加糖和奶精。但是，今天大概是天气冷、充满睡意，再加上肠胃状况恰到好处，不饱也不饿，所以直接喝也无妨。

"不用，这样就好……"

"好。"

于是换我发问："老师平常都喝这种咖啡吗？"

"好几次想换难喝一点的，但是没办法坚持下去。"

老师认真地说道。我以为听错了，微微张口，脸上写着问号。老师解释："要是好喝，就会不小心喝过头，我一喝就停不下来，喝到连自己都会担心的地步，真是伤脑筋。"

您就像巴尔扎克一样。我想接着这么说，但总觉得这样说很狂妄，于是作罢。姑且不论这点，那句话似乎是真的。一丝不苟与纪律散漫、自我管理与顺其自然混在一起，十分有趣。

说到这个，我还发现另一件事。

书架上的藏书全部包着纸书套，书脊均以充满特色的字体写上标题。不仅如此，我瞄了一眼桌上的几本书，封面和封底还写着许多蝇头小字。每一行的开头都写着P多少，指的当然是页数吧。这么说来，老师避免在内页写字，而是在封面和封底做密密麻麻的笔记。

若以这种做法依序写下重点，书一看完也就做好了便利的一览表。然而，这还是其次，我很清楚老师不想让笔记弄脏了内页。

老师这么爱书，但是，对于挑选相当于衣服的纸书套，实在很随性。有的只是将书店的纸书套反过来用，有的则是将夹报广告或日历纸折成纸书套使用。

这些都还好，不过有一点实在令人无语。

书架上有几十本藏书颠倒放置，我实在无法忍受。如果我的书被这样颠倒乱放，简直就像眼中钉、肉中刺。不过加茂老师好像无所谓。

我啜饮着咖啡，一本正经地想，原来人类就是内心矛盾的生物。原本混沌的思绪变得清晰，运作顺畅！这种感觉又回到了体内。

于是，我想起了老师正在说明织部。

"织部是人名吗？"

那肯定是千利休[10]的弟子或与他有关的名字。

"是的。古田织部正重然。"老师思考着每个字的发音说道,"他是关原之战时期的人。不过,织部当然不是指这个人做的茶杯。这种茶杯现在仍有生产。换句话说,这个人喜爱的茶器款式就称为织部,大胆的设计不同于在那之前的茶器。"

我配合老师沉稳的语调说:"这么说来,也就是打破传统,变成另一个新款啦?"

"嗯,可以这么说。"

老师品尝咖啡。走廊上传来一阵说话声,从窗户照进来的光线提高了室内的亮度。

"你讨厌织部吗?"

老师放下茶杯问道。

"不会啊。"

我吓了一跳,没料到老师会这么问。这种茶杯很适合在这里使用。

"我啊……"

老师并非漫不经心,而是略显犹豫地说道,那感觉就像落在睫毛上的雪花般轻微。

"从前很讨厌。"

大量的阳光洒落在桌面上。

---

(10) 千利休(1522—1591),日本中世末期安土桃山时代的茶道大师。

4

拨云见日。

刚才天空覆盖着云层,因此现在的阳光看起来比实际上的更耀眼。白色窗帘朝窗户的左右两侧收拢,甚至感觉像被风吹得鼓胀了起来。

"不知为何,我年轻时完全不能接受织部。有个奇怪的比喻,在你这种小女生面前讲也很奇怪,但是讨厌蛇的人并没有原因,就是不能接受蛇,对吧!我的感觉就像那样。"

我并非一听见"蛇"这个字眼就会惊声尖叫的柔弱公主。列那尔[11]用"太长"的事物比喻生理上的厌恶感。为什么老师会对陶器抱有这种感觉?

我暗想,在自己所拥有的东西当中,能拿得出手的就是眼睛和手指,总觉得指尖上的茶杯变得异常沉重。于是,我理所当然地这么问:"是过去式吗?"

"嗯,从前很讨厌。"

既然老师现在这么爱用织部,我当然会感到好奇。

"说起来很有意思,在二十年前,这种感觉突然消失了。"

老师慢条斯理地啜完最后一口咖啡,将茶杯捧在掌心。我记得文化祭时,茶道社社员教过我最后观看

---

[11] 儒勒·列那尔(1864—1910),法国小说家、诗人、剧作家。

抹茶茶杯的步骤，老师的动作和那个类似。他的双手好像在沉稳的无色中感受到了微妙的色彩。

"这是我学生做的茶杯。"

"哇！"

感觉真棒。

"我长年教书，遇到过各式各样的学生。制作这茶杯的学生说要学近松[12]，所以由我来带他。"

老师回想过去，面露微笑。他的嘴张得老大，一副乡下学究的表情，令人倍感亲切。

"那个学生一直留着女孩子的发型，还把一头长发绑在脑后。如今留长发的男生司空见惯，但是从前很少见，所以他相当引人注目。有一次，他说：'昨天，我遇到了我的高中同学。'"

"嗯。"

"那天晚上，当他一个人在新宿街头逛着，从某家酒店走出一群穿着学生制服的客人，正在吵闹。后来，听说他们看到他，便紧跟在他身后。走了一阵子，他听见背后有人说：'喂，那家伙是男的哦，真邋遢，给他点颜色瞧瞧吧。'"

"哇。"

"他心想'这下糟了'，但一时之间束手无策，只听见脚步声迅速接近，一只手搭上他的肩头，'喂'

---

(12) 近松门左卫门（1653—1725），本名为杉森信盛，活跃于江户时代前期的歌舞伎、人形净琉璃剧作家。

了一声。他不得已只好回头,没想到对方竟然是自己的同学。"

好特别的重逢。

"同学说:'搞什么,原来是你啊?'于是高声说:'喂,放过这家伙。'四周的人应了一声。听说当时的情况很好笑。"

我也面露微笑,说:"可是,一开始他还不是担心得不得了?"

"对啊。"

老师点点头。

"那个学生说想学做陶器,在毕业前便辍学了。当时,离毕业只剩下几个月,他好像突然觉得这就是自己未来的工作,连一秒钟都不愿浪费,就这样离开了学校。后来,过了十几年,我偶然在岐阜遇见他。我对陶器方面不是很了解,所以不太清楚,不过他好像在陶艺界变得相当有名。"

老师流露出母鸟思念雏鸟的眼神。

"至于打扮方面,他早已不再留着当年的发型,完全变成了普通人。有趣的是,他采取另一种形式,全心投入某种技艺,成了高手。我虽然没办法去窑厂参观,不过他带我坐出租车到他的陶器店去了。"

老师以温暖的眼神看着茶杯。

"他在那里挑给我的,就是这个。"

我点了点头。

"当时,您不再排斥织部了吗?"

"是啊,我清楚地听到他说:'请老师收下这个茶杯。'我明知那是织部,拿在手里却完全不会不舒服,原以为是因为学生做的,不过并非如此,我对所有的织部都能坦然接受了。那是我五十岁的时候。唉,人对食物的喜好会因为年纪而改变,或许就是这么回事。"

说完,老师毫不犹豫地抚摸着杯身上的"井"字形花纹。

"说到织部,脑海里总会浮现华丽的事物,不过这种黑织部的美又是另一种层次。若要追根究底,应该会变成织部黑吧。"

我大概又露出了听不懂的表情。老师以上课时谆谆教诲的语气说明:"釉药指的是上釉,整体涂上黑色釉药的是织部黑,而部分留白的是……"

"黑织部。"

"是的。通常都会在留白部分添绘花纹。"

"原来如此。"

这种词汇的用法,让我感觉到一种把玩玩具的乐趣。接着,我正经八百地说了一句话:"这简直像是咖喱饭和饭咖喱[13]。"

---

(13) 两者都是咖喱饭的意思,不同之处在于饭咖喱是将咖喱当作主料,白饭只有一点点,在日本民生萧条时,被家庭主妇当作省钱料理。而咖喱饭则在东京奥运会(1964年)时期,成为一种以咖喱为淋酱的家常料理。

总之，这句话只是被我顺口说了出来。老师一时愣住，接着便笑了。

"真是有趣的跳跃性思考。既然我笑了，这件事就容易说了。"

咦，这话是什么意思？

"这是我的直觉，你喜欢落语(14)吧？"

我个人认为这个话题跳得更远……

"是的。"

我从小学时代就很喜欢落语和歌舞伎。上了大学之后，因为学校有定期公演，所以我常常到上野看戏。

"哎呀，我刚才开门的时候，正思考需要一名女学生。然后，你就出现了，让我有这种感觉。"

我越听越糊涂了。

"你知道春樱亭圆紫这位落语大师吗？"

岂止知道！

"知道，知道。"

"你听过他的落语吗？"

"他最近在铃本有表演，我昨天才去听过。"

老师才问完，我马上接着回答。老师的表情已流露出"正合我意"的喜悦，两道眉尾变白的浓眉下垂。

"这样更好。"

---

(14) 日本的一种传统艺术，相当于中国的单口相声。

"圆紫大师怎么了？"

"你知道他是我们学校的校友，也就是你的学长吗？他跟我刚才说的那个做陶器的学生一样。"

我点点头。他在高中时入门，师父是第三代春樱亭圆紫，第三代收他为弟子，替他取名为紫朗，并同意他继续念大学。刚才那位做陶器的学长选择放下一切，而圆紫大师则是走向了截然不同的人生。不过，或许是我偏心，我认为现在这一代的圆紫也是身怀绝技的高人。

他在学生时代就获得出道的名字小紫，并以"紫"出师。落语的相关书籍中经常提到第三代春樱亭圆紫在后台倒下的憾事，当时我还没上小学，所以并没有看到新闻报道。第三代春樱亭圆紫在前往医院的救护车上，对当时担任协会顾问的大师父说："我没事啦，振作一点！"接着，他异常坚定地说，"我的弟子紫就拜托你了。情况变成这样，要他临时接任第四代也太仓促，请你跳过第四代，让紫成为第五代吧。"

这段内容若要引用旁人的文章，则如下述：

> 操心了一辈子的第三代圆紫，在年纪轻轻即将辞世之前，仍记挂着要将自己的名号传给弟子。与他个性相仿的徒弟紫，表面上佯装镇定，却在暗地里紧握拳头，无声地痛哭。菊花未谢的九月三十日，第三代春樱亭

圆紫逝世，得年四十六岁。

因此，如今的圆紫大师是第五代。

"我们大学的杂志里有一个单元是与毕业生对谈，对吧？"

"是的。"

我稍微明白老师想说什么了。

"这一期的主讲者是圆紫先生，平常总是由一名教职员和一名学生担任听众。因为我是他的老师，所以编辑便将教职员的名额推给我，然后要我再找一名合适的学生。哎呀，编辑说话真是不留情面，说我拍照不上相，所以学生一定要找女生。"

我点了点头。我是"女生"。

"然后，我就想到你了。这么说你不要介意，因为你与众不同。"

"什么？"

"哎呀，这句话没有负面的意思，我一开始不是请大家交一份报告吗？在所有报告中，你的表现格外突出，大概是文体的关系吧。班上的女同学都很认真，每次都会写出矫揉造作、令人发笑的报告。不好意思，你的报告也有这种毛病。不过，你似乎不是为了写这次报告而创造了这种文体。"

我陷入沉思。

"人的个性会显现在文章里，所以坦白说，我正想见见你。结果……"

我用手捂着嘴巴,因为想到了打哈欠的事情。

"我还不知道你是怎样的人。如果花一个小时就能了解,我想那是一种侮辱,对吧?不过,我只知道这次最好由你出席。"

老师说完,微微一笑。尽管不知该如何解读这个笑容的含义,但我是这么认为的:现在,在老师的脑海里,八成将我纳入了那位制作陶器的学生和圆紫大师的范围。

"方便吗?"

我连忙回答:"好!"

听完详细内容,走出研究室时已经十点了。我心想,还有时间。(中午就吃咖喱饭吧。)

5

那场"三方会谈"在六月初展开。届时会有一场落语研究会主办的落语表演,圆紫大师正好莅临本校。

老师告诉圆紫大师,我是他的落语迷。或许是有回敬之意,圆紫大师决定在那天表演我想听的段子。如果是在梅雨季节看圆紫大师的表演,我毫不犹豫会选择最爱的段子《梦酒》。

当天，我和老师并排坐在小礼堂的贵宾席，聊着聊着，听见熟悉的伴奏声，那是《外记猿》。

圆紫大师突然就座，抬起头微笑，我虽非太宰治的读者，却觉得他在对我微笑。

他的年纪坐三望四，慈眉善目与白皙的脸庞十分相称。

我之所以喜欢圆紫大师，是因为听他讲落语，内心能够获得真正的平静。一股最接近"怜恤"这个字眼的暖意，从台上传了过来，好一段令人通体舒畅的落语。

大师从天气的垫话（开场白）暖场，聊起梅雨季节的商店景象。

> 这一天，绵绵阴雨将家家户户的屋顶淋得湿漉漉。由于没有客人上门，俊俏的小老板便跑进屋内打个盹儿。新婚的妻子叫他起床，对他说"会着凉哦"。小老板醒来后，聊起了刚做的梦。"……到了向岛，天气突然变坏，我跑到某户人家的屋檐下躲雨，却被一个看似姨太太的女人请进屋内……"[15]

---

[15] 后续故事是，不胜酒力的小老板进屋后，在妇人的再三劝酒下，喝了两三盅酒，随后却感觉身体不适。妇人在别舍的房间替他铺被，服侍他躺下，自己却穿着一身火红衬衣钻进他的被窝。

新婚妻子听到这里，露出吃醋的可爱模样。

这一段可真是对味了，不管我听几次，都觉得只有圆紫大师能诠释得如此到位。

从前的人结婚早。其实那个新婚妻子年纪尚小，婚前鲜少与男人交谈。然而奉父母之命、媒妁之言，她心怀忐忑地将终身托付给唯一的良人。幸好对方是个令人脸红心跳的好男人，她感谢上苍，婚后两人遂陷入热恋。

委屈、悲伤、羞耻，她无法压抑这些情绪。

小老板非常了解她内心的波动，咧嘴笑道："喂喂喂，那是梦境。"这是男人的优越感，有一种被爱者稳居上风的从容。当然，他也爱她入骨。

你们在做什么？这时候，大老板走了出来。媳妇拜托公公：请您睡个午觉，到相公梦中的那户人家去教训那个女人。她脸上带着笑，却是满腹心酸。

于是，就像爱丽丝梦游仙境一样，大老板进入了梦乡⋯⋯

正当听众浸淫在温馨的雨丝中，结局竟以一句"哎呀，好歹该喝杯冷酒"收场。[16]

好！我暗自喝彩。

中场休息，有人走动。我和老师从座位上起身。平常若是没听到攒底（结尾），我肯定会万分遗憾。然而，今天能够沉浸在《梦酒》的余韵中，反倒令人欣喜。

走出小礼堂，我觉得有点奇怪，夕阳下，我跟在老师身后，偏着头久久不解，究竟哪里不对劲。当老师的背影化为模糊的影子进入明亮的大学会馆的那一瞬间，我总算明白了。原来没下雨。

6

"你二十岁了没？"老师问道。

我说："差不多。"

"快满二十了吗？"圆紫大师问道。

"是的，十二月二十五日就满二十了。"

"应该可以喝吧？"

老师将啤酒倒进我的杯子。

---

[16] 大老板进入梦中找到那个妇人，妇人点不着火，无法暖酒，便劝大老板在酒加热之前，先喝点冷酒。大老板却以喝冷酒会误事而婉拒。此时，大老板被媳妇叫醒，但他眷恋梦境，因此才说了句"哎呀，好歹该喝杯冷酒"。

"这会拍进去吗？"老师问同桌的编辑。

"会。"

"真糟糕，唉，无所谓吧。"

老师反复说着同一句话，继续斟酒。

我们在大学会馆的一间和室。这里的餐厅是教职工和研究生专用的，可以点酒精饮料。

"是圣诞节吗？"

圆紫大师问我。沉稳的嗓音，不同于在台上时的声如洪钟。

"是的。"

老师有点搞不清楚话题聊到哪儿，一脸困惑。不久，他猜想那是我的生日，便放心地轻抚脸颊。

"可是，如果可以选择，我想避开这一天。"

"为什么？"

"因为，一定会和平安夜一起庆祝。"

"原来如此。"

圆紫大师了然地应道。我这么说可能会遭到报应，不过这种事唯有当事人才懂。凡人总有烦恼。

"那，圆紫。"

老师以眼神和手势催请干杯。圆紫大师也"好"地应了一声，拿起酒杯。

"抱歉，今天有点强人所难。"

老师这么一说，圆紫大师应着"哪里的话"，高举酒杯，又补上一句："为了今年的十二月二十五日，干杯。"

这么说真令人开心,我低头致谢。

"谢谢您。"

"不是顺便的哦。"

圆紫大师已换下表演服,现在穿的是浅咖啡色外套和同色系裤子。他有一张娃娃脸,我总觉得很容易想象他学生时代的模样。

圆紫大师滔滔不绝地聊起当年的回忆:一年级在第一次坐的课桌椅上,刻上寺山修司[17]的歌;有一次不小心告诉同学"体育课我要跳弹簧垫",结果大家奔走相告,引来一堆人看他跳弹簧垫,像在看杂耍;他是个用功的好学生;还有在生协吃过的味噌青花鱼套餐。

不知为何,关于自己是学生又是落语师的身份,圆紫大师好像不太想说,所以我没有深入探究。我们的交谈内容主要是落语的拿手好戏,都是一般的评论。

"关于《梦酒》这段子,你觉得怎么样……"

圆紫大师露出刚才做了一场尽情演出的表情。

"嗯,很尽兴。"

我说起刚开始的感觉。

---

[17] 寺山修司(1935—1983),日本诗人、歌人、俳人、散文家、小说家、评论家、电影导演、演员、作词家、摄影师、剧作家、演员等。

"就好像第一次看到这个段子哦。大概是因为大师演出我期望的段子,感觉像是专为我一个人而讲,所以,我是以受宠若惊的心情在听的。这真是天大的误会。"

"你并没有误会,我是专为你一个人讲的,作为前一阵子我在上野铃本[18]那里演出的谢礼。"

"什么?"

我以为自己听错了。

"当时我模仿大成驹[19],你不是替我鼓掌了吗?"

我惊讶得说不出话来。

"记得吗?你应该坐在正中央从前面数的第三个位子。"

"您为什么会记得?"

圆紫大师说得没错。当天是非假日,而且有团体入场观看,那个团体对于演出的反应恶劣到极点,令我怒上心头。当圆紫大师若无其事地模仿中村歌右卫门时,我使劲地拍手,其实很想高喊"成驹屋"[20],但觉得不好意思,因而作罢。当时,现场许多观众都愣住了,鼓掌声也稀稀落落的。但是,台上的演员能够从众多观众中,认出唯一的女孩子吗?

---
(18) 东京上野车站附近的铃本演艺场。——编者注
(19) 第六代中村歌右卫门(1917—2001),代表第二次世界大战后的歌舞伎演员。
(20) 歌舞伎演员中村歌右卫门、中村雁治郎及其一门的屋号。以姓氏称呼歌舞伎演员并不礼貌,因此观众会以屋号喝彩。

"当然可以。从台上看得更清楚。不过，有时候出于录像的关系，正面打的强光太刺眼，所以看不见台下的情况。"

"可是，您竟然到今天都还记得我。"

"我连落语内容都能倒背如流，这点小事用不着大惊小怪吧。"圆紫大师若无其事地说道。

"所以，当我今天坐在台上，看到你在正前方，而老师坐在你隔壁时，马上就知道你是座谈会的成员之一。"

老师眯起眼睛。

"他在学校时，即使考试规定不能带书进场，他也能旁征博引。就算我出的题目事前无法准备，他也会引用书上适当的部分，而且内容一字不差。所以，别说是认得你的脸，哪怕是记得当时坐在你旁边的人，我一点也不惊讶。"

圆紫大师就像小学模范生被人夸奖一样，白皙的脸颊微微泛红。然后，像是要集中精神似的垂下目光，隔了半晌才说："坐你右边的是个穿西装的瘦子……左边没人吧？"

我惊讶得目瞪口呆，虽然印象很模糊，但我记得当时左边好像没人。

老师笑容满面地说："就像这样。可是啊，他写的文章不光是卖弄知识而已，总是令人印象深刻。当时他已经决定未来的路，所以我没有强留。不过，明知会碰壁，还是不得不稍微试探他的想法，问他要不要留在大学。告诉你，学术论文这种东西，若是没有新发现就不算是工作。而他每天都有新见解，看得到凡夫俗子看不见的部分。"

圆紫大师不好意思地挠挠头："老师，您开我玩笑，真是吃不消。"接着，像在掩饰难为情似的抓起一个寿司。

既然老师指出"知性面"，身为落语迷的我就想提出他的"人性面"。

"圆紫大师也表演过《樟脑丸》吧？"
"是的。"
"也就是说，您也喜欢那个段子？"
"是啊。"
"就某个层面而言，它和《梦酒》一样。"
《樟脑丸》的故事是这样的：

> 捻兵卫这个模范丈夫因为痛失爱妻而无心工作，终日专心念佛。一名男子企图利用他的痴情诈取钱财，夜里将樟脑丸点火，让人误以为是鬼火。隔天，男子告诉捻兵卫："夜里会出现那种东西，是因为尊夫人的灵魂附在器物上，我替你供在寺庙里，请将和她有关的物品交给我。"然后搜刮他的财物。

《樟脑丸》是一则丈夫追念亡妻的凄美段子。

圆紫先生沉默了半晌,然后露出一抹落寞的笑,缓缓地点头。

"那位捻兵卫和《梦酒》的夫人确实是同一种人吧。"

我觉得牺牲自我、放手去爱的爱情,是一种人性渴求的境界。

"泉镜花[21]是我喜欢的作者之一。"

这种说法简直像文艺少女,但我真的这么觉得,所以说出来也无可厚非吧。

"他有一部《天守物语》[22],对吧?"

"我看过坂东玉三郎[23]的版本。当时你几岁?"

我不记得了。

"你是看的书吧?"

"是啊,前一阵子看的。最后那些角色差点被世上的庸俗事物压垮时,有个人跑出来了,对吧?"

"近江之丞桃六,我在日生剧场[24]看的时候,是

---

(21) 泉镜花(1873—1939),本名镜太郎,创作时期横跨明治、大正、昭和,对日本近代文学影响巨大,其作品充满浓厚的浪漫主义色彩,但大多是男女情爱的悲剧。
(22) 年轻武士与住在姬路城天守阁的妖怪公主的爱情故事。
(23) 本名守田伸一,生于1950年,第五代坂东玉三郎,歌舞伎演员,当今日本舞台剧演员之一,扬名海外。
(24) 日本著名的剧场之一,坐落于剧院林立的东京日比谷地区。——编者注

由小泽荣太郎[25]饰演的。"

"那个人边说'别哭,别哭,美人儿们,别哭',边走出来的时候,我想起了圆紫大师您。"

"哦?"

圆紫大师一脸严肃地看了我一眼,令我心头一怔。

"我想,您大概是以这句话的情绪表演了《梦酒》和《樟脑丸》。"

7

杂志采访的座谈会于八点左右结束。

后来,我、老师和圆紫大师到附近一家关东煮店吃东西。原本在这里应该闲话家常,但因为刚好我指定的段子是《梦酒》,于是话题朝着意想不到的方向发展。

我吃着十分入味的魔芋,极力称赞《梦酒》里的大老板嘴上说着"愚蠢至极",却一骨碌地躺了下来,场景倏地变成梦境的那一幕。

"成功营造出进入仙境的气氛。我一开始听到那一段,感觉四周连空气的颜色都变了。"

---

[25] 小泽荣太郎(1909—1988),日本演员,话剧演员出身的电影演员。

"原来如此……"

老师从圆紫大师手中接下杯子，忽然脱口说出一段往事，与我的话题无关。

"不过话说回来，梦也是一种很奇怪的玩意儿。"

接着，他替圆紫大师斟酒。事后回想起来，应该得由我替他们斟酒，但是当时两杯啤酒下肚，我有些亢奋，早已忘了这回事。在这家店也喝了酒，但圆紫大师和老师只让我喝刚开始倒的那半杯，并没有强迫我多喝。

老师缓缓地说："说到奇怪，落语里也有不少关于做梦的段子，对吧？"

"是的，相当多。像《梦金》或《老鼠窝》都有做梦的情节，内容倒也不会荒诞不经。"

"合乎情理……啊！"

一群学生吵吵闹闹地从旁边经过。老师修长的手指在桌上舞动着，像在弹琴似的。

"人会不会做不合理的梦？"

"像梦一般的梦吗？"

圆紫大师四两拨千斤地回道。然而，老师显得格外认真。

"不该做的梦，不，是不可能做的梦。"

我侧首不解。刚才那群学生结完账便离开了，四周安静多了。

"例如哪一种？"我试着问道。

"像是梦见素未谋面的人,诸如此类的。"

"或是只听别人说过的人。"

"哎呀,就是很清楚地梦到某地的某人。"我不由得打了个寒战。

"后来……真的在现实中遇到了那个人吗?"

"唉,就是这样。"

圆紫大师确认道:"就像似曾相识的那种感觉吗?"

我最先想到的也是这个。高中时代,我曾经在某个炎炎夏日,走在一条陌生的路上,却强烈地感觉以前也走过这条路。

"会不会是看到那个人之后,才觉得好像在梦中见过……"

"没那回事!"

平常对学生讲话很客气的老师,竟以一种强硬的口吻回应,我吓了一跳。不过,老师马上察觉自己的失态,又补上一句:"哎呀,是反复梦见同一个人,后来在现实中真的看到了对方。"

"这样的话,的确很不可思议。"

圆紫大师像是要壮胆似的,一口气干掉杯中物,然后说:"老师亲身经历过吗?"

老师靠着粗糙的木头椅背,随口"嗯"了一声。

一阵沉默。

我自作聪明,此时正想换个话题,老师毅然决然地说:"这是我的亲身经历。小时候发生的事,连我自己都觉得那一定是梦,所以至今从没告诉过任何人。"

老师眨了眨眼。

"总觉得不该藏着这种奇怪的感觉,把它带进坟墓里。"

圆紫大师笑着说:"快别这么说,老师千万别这么想,您还很年轻呢!"

"不不,我们学校的退休年限较晚,但也近在眼前,我都这把年纪了。当然,退休就像是人生的第二个成人式。不过话说回来,回首来时路,脑海中会浮现许多尚未完成或无法解决的事,甚至是非学术性的问题,这也是其中之一。"

"那个梦中人究竟是谁?"我终于失去耐性,直捣问题核心。

"哦,就是前一阵子我跟你提过的人。"老师自然地接话,"古田织部正重然。"

8

我不知道该看向将长筷伸进锅里的店员,还是写有毛豆和凉拌豆腐的长条形菜单。老师的回答出人意料,令我一时无言以对。

"古田织部吗？！"圆紫大师诧异地问道。

"你当然会觉得不可思议。这件事说来话长，请你耐心听。"

不知为何，老师摘下眼镜，收进胸前口袋。大概是这么做比较能够沉浸在回忆中吧。老师的表情变了，看起来突然变年轻了。

"我是神奈川县人，我有一位叔父，名叫诚二郎，加茂诚二郎。从某个层面来说，他算是风云人物，学生时代成绩优异，中学也是以榜首的成绩考取的。个头不高，但胸怀壮志。

"当时，拿修身课[26]开玩笑简直不像话，但教务主任一上完课，诚二郎叔父便趁下课时间站上讲台，口齿伶俐、声音嘹亮地发表演说，犀利地批评上一节课的内容有多么空洞。比起上课内容，恐怕他看教务主任更不顺眼吧。相较于教务主任的修身课，学生更期待'加茂的修身'。当然，这种情况不可能持续下去，他被叫到教职员办公室，狠狠地挨了一顿骂，操行成绩差点不及格，但他丝毫不在意。

"中学毕业后，他到东京念私立高中，接下来我就直说了。他进了我们学校，成为我们的学长。大学毕业以后，他工作了一阵子，把存的钱全部拿去投资，结果押对了宝。接着，他用那些钱买了当时东京

---

[26] 日本旧制学校的科目之一，教育学生孝顺、顺从、勤奋、忠君等德目。

仅有的几辆汽车，开始经营汽车出租生意，消费对象都是有钱人。在我们看来，总觉得谁会去买那些贵死人的大衣和珠宝，但好像越贵越有人买。大概是他以新奇的手法抓住商机，从此订单络绎不绝，赚进大把钞票。人一旦走运，做什么都顺利，他开了服饰店也经营得很成功。进入大正时期不久，他把汽车出租行改成出租车行，成为白手起家的传奇人物。

"对了，我从小就讨厌医院和手术，但讽刺的是，家业是从医的，而许多当医生的亲戚都在搞文学，加茂家族历代的人也对文学有兴趣。或许是血缘的关系，叔父喜欢在工作之余创作短歌[27]。当时，有一位相当知名的女歌人，名叫山村富美。不知是什么因缘际会，叔父爱上了她。对方是个长相颇具日本特色的瓜子脸美女，嗓音悦耳温柔。

"她和前夫处得不好，离婚后独居。因为离过一次婚，而且年纪比叔父大十岁左右，再说，时髦租车行的年轻老板和身为歌人的富美小姐实在不匹配。女方一再拒绝，但是叔父不死心。听说他每天写情诗，开着车送去给她。终于，富美小姐禁不住叔父的百般追求，决定与他同居。

"我看到的是叔父他们最后几年的同居生活，后来再也没看过如此鹣鲽情深的夫妇。当时我还是个小

---

[27] 和歌的基本形式。以五、七、五、七、七的格律形成的诗歌。

学生,曾经狂妄地认为,如果夫妇感情这么好,结婚也是件好事。叔父哼唱净琉璃[28],富美叔母弹奏三弦琴,夫唱妇随,令人好生称羡。

"叔父的兴趣很广,手头上有了钱,便开始对古董产生兴趣。从某个角度而言,古董会增值,而且叔父大概打算将金钱换成有形物吧。听说有贵族变卖传家宝时,叔父经常露面。

"富美叔母的娘家在千叶,叔父在那里有一栋别墅,还盖了一间仓库收藏书画古董。那栋别墅靠近外房[29]的海岸。

"另外,我家位于横滨的伊势佐木町一带。家父和叔父的性格截然不同。举例来说,他们都对文学有兴趣,但对待书籍的态度却很不一样。就像我刚才说的,我家从上一代、上上一代传下来的藏书为数不少,还有家父的书。关于这些堆积如山的书,父亲有一种接近病态的洁癖,不管内容再怎么乏味,他都不准别人在上面写一个字。记得在我懵懂无知的小时候,曾经跨坐在书本上,让家父勃然大怒。或许那就是我对家父最初的记忆。他在其他方面是一位慈父,所以这件事令我印象特别深刻。

"但是,那位叔父说:书能看就行了,又不值钱。

---

[28] 配合傀儡演出,以三弦琴伴奏演唱的戏曲,又称人形净琉璃或文乐。
[29] 千叶县南部,房总半岛面向太平洋的地区。

夸张的是，有时候甚至因为开本太大，还把封面撕掉，直接将书塞进口袋。有趣的是，他们这对兄弟虽然对书的看法迥然不同，却异常合得来。

"家父早年痛失第一位配偶，我是他在四十岁之后和续弦生下的独子，应该算是老来得子吧，父母当然是疼我疼得要命，叔父夫妇也没有小孩，所以会专程来看我，夏天一定带我去别墅游玩，大家争着宠我。当然，小孩子不懂，其实当时叔父的人生已经开始走下坡路了。

"那场地震是最初的征兆，毁了汽车这个生财工具，叔父虽然捡回一条命，但是腿脚受了伤。我想，他没有治好腿伤，勉强到处奔波，大概也是身体不好的原因吧。

"我不太记得第一次去九十九里滨[30]是什么时候。不过，那是一个现在无法想象的宁静之地。无垠的沙滩、潮水的气味、贝壳及被海浪冲刷得光滑无比的白色碎木片，这些景象一一浮现脑海。我记得叔父当时好像已经瘸了腿，他穿着和服，腰系兵儿带[31]，满脸笑容地跟在我身后。

"叔父从那时候起，脾气变得很暴躁，家里的女佣成天挨骂。尽管如此，只要我一去叔父家，他就变

---

[30] 位于千叶县东部，从刑部岬到太东崎的太平洋沿岸，长约66千米。
[31] 男人或孩童的一种整幅面料裁成的腰带，质地较软。

了个人似的心情大好。或许这也是原因之一吧,富美叔母也很高兴我来看他们。

"我还记得和叔父相处的点滴。有一次,收音机正在播放宫城道雄的千金弹奏古筝,当时,我和叔父夫妇一起收听。收音机传出类似'天才少女'的字眼,富美叔母也以沉静温柔的嗓音对叔父说:'真是了不起啊。'这段时间,我一直坐立难安,忽然站了起来,把收音机关掉。富美叔母吓了一跳,问我怎么了,我没办法解释。同样都是小孩,对方弹奏的古筝却通过广播播放出来,并获得全日本的赞赏,这令我非常痛苦。

"简单来说,就是嫉妒。进一步来说,既然身为人,在这个世界上就得变成某种人。我感到一股快窒息的不安,不知道自己能成为什么样的人,气得想跺脚。

"当时,叔父倏地起身,突然把我抱起来,而且用力抱紧,他从来没有对我做过这种举动。"

9

"夏天,去诚二郎叔父家的那十几天令我非常期待,但是有一点很讨厌,我一去他家就会做噩梦。

"总觉得如果说出做噩梦的事,会被笑是胆小鬼,所以不敢告诉任何人。梦里,有一个男人坐着看我,我现在还能描述出他的模样。此人头戴黑帽、身穿素袄[32],看起来沉稳机灵,眼神锐利如刃。梦境的四周笼罩在黑暗中,唯独那双眼眸散发出一种说不上是怨恨还是侮蔑的光芒。

"而让年幼的我感到害怕,几乎想大叫并逃走的画面,是那个男人正在切腹。在深沉的黑暗中,唯有鲜血隐约可见,裂开的腹部看起来凄惨至极。

"我一直以为,小孩子经常会做一些奇怪的梦。

"那年夏天,我还不到十岁。叔父说:'我要把仓库里的东西拿出来,你也看一看。'富美叔母告诉我:'里面有宝物哦。'我一心以为眼前的宝物是童话故事里的金银珊瑚,因而满心雀跃。叔父的总管姓沼田,工作很勤奋,他派了几名年轻人一起将仓库里的东西搬出来。

"这位沼田先生体形肥胖,一张大脸,戴着一副圆眼镜,令我印象深刻。后来,我在叔父的周年祭也见过他。过了好长一段时间,这位沼田先生才告诉我,其实当时把古董搬出来并不是为了晒太阳。

"叔父的生意终于撑不下去,必须变卖之前的古董书画,因而一一搬出来。叔父一定是想让我看清楚,他曾经拥有这些东西。他想让我仔细欣赏,并

---

[32] 一种武士礼服,方领、无徽、带胸扣,下摆塞进裤裆。

——为我解说。

"那天天气很好，院子里种的多是松树，四周还有层层林木，相当适合避暑。凉风吹来，红色玻璃风铃发出清脆悦耳的声音。院子前面铺着凉席，摆着一个像铠甲的东西。

"叔父好像说，这只是一小部分。他让我看院子里的东西，然后在两间合并有八叠大的壁龛一坐定，便叫沼田先生——为我展示。

"根据沼田先生所述，叔父对于美术作品具有与生俱来的眼光，他不买公认的古董，所以不用花大钱也能收集到为数不少的藏品。然而，叔父也有看走眼的时候。不过，听说他有不止一种收藏后来变成了重要文化遗产。

"当时，我只是个孩子，一开始还啧啧称奇，没多久就听腻了，内心甚至感到失望，原来这就是宝物啊。但是，不知轮到第几样，当叔父摊开某个卷轴时，我'啊'地惊呼一声，倒抽了一口气。

"你们应该猜到了吧，在我梦里出现的男子就在那幅卷轴中。他一身素袄打扮，坐着看我。

"当时我感觉身体前倾。如果叔父没问，我大概会昏倒吧。

"叔父说，这幅卷轴默默无闻，却是画中极品，画中人的气魄描绘得相当仔细，仿佛从纸面上飘散出来。

"我畏畏缩缩地问,这个人是谁?叔父说,是古田织部。我第一次听到这个名字。

"叔父说,他身兼武士和茶人的身份,如果是武将,这种肖像画会附上刀、剑等武器,然而这里画的却是茶具。原来如此,画中人的面前有一些造型奇特的彩色器皿。

"叔父又说,人物采用武士造型,但增添茶具有一种让人皱眉的冲突感,想到这位画者的用心,着实有趣。

"我的心脏怦怦跳,实在不想问,但不得不问。我盯着那幅画,或者该说是视线不离地问:'这人是切腹自杀的吗?'

"叔父露出讶异的表情。画中的织部当然是普通坐姿,并没有切腹。我不记得画轴上有没有撰文,但无论写了什么,我大概都看不懂。

"叔父回答:'……你怎么知道?'"

10

"古田织部正是美浓出身的武将,侍奉信长、秀吉、家康,坚强地度过动荡时代,却偏偏挑在乱世落幕——大阪夏之阵[33]切腹自杀。因为家康问罪于他，而原因不明。

"织部身为德川二代将军秀忠的茶师，理应前途稳当顺遂，岂料他竟自我了断，命运实在令人难以捉摸。

"如果将这些事放在一起联想，总觉得那幅织部的画像也有某个曲折离奇的故事，不然没办法解释那种怪异的感觉。叔父大概也有同感，才觉得有趣吧。

"不过，这是我日后的感想，当时的我只觉得一切都很不可思议。

"我问叔父那是什么时候买的，他说是三年前的春天。听说是在一位叫笔山的贵族变卖传家宝时买来的。经叔父这么一说，我觉得自己是从那年夏天开始做那个梦的。

"我若无其事地问叔父：'您给我看过这幅画吗？'叔父一脸表情古怪，回答：'这次是例外，我平常不会给小孩子看古董，一买来就收起来，而且沼田会给古董一一上封条。有时候还会拿出来晒太阳，但那时候你都不在场，所以不可能看到。'

"从前，修验道[34]的修行者会让生灵或死灵暂时附在孩子身上，我觉得可能是画像中的织部灵魂从仓库里跑出来，附在我身上了。

---

(33) 1615年夏天，德川家康歼灭丰臣氏之役。
(34) 融合神道、佛教、道教、阴阳道等教义的日本教派。

"我从那天晚上开始发烧,卧病在床好一阵子。

"过了四五天,烧终于退了,因为叔父已经没办法长途步行,所以由富美叔母送我回家。不过看得出来,叔父全身不只是脚有问题。富美叔母向我父母道歉:'孩子寄在我家,却让他生了一场大病,真是抱歉。'然而,我一回家就没再做那个梦了。大概是一心认定,只要离开叔父家就不会做噩梦,之后也没发烧。

"但是,当叔母回到千叶的别墅时,发现叔父病倒了。他有血管方面的疾病,自己似乎也隐约察觉到了,却不去看医生,生活作息完全没有节制。后来的情况急转直下,叔父卧病在床,只剩下左手和脖子以上的部位能动,家里的生意一落千丈。

"他之所以开始整理古董,大概是打算东山再起吧,但这反而像在预告自己将无法工作。人一旦被债务压得喘不过气,就永难翻身了,债务像滚雪球似的越滚越大,东京的房子等不动产全遭扣押。

"周遭的人避免让叔父知道这些细节,他什么都没问,不过这反而让人觉得他已知情了。叔父比起家父更像家母,若以演员来比喻,他的个头矮小,就像又五郎,一旦心生念头就会坚持到底。他并没有大发雷霆,只是一语不发地盯着天花板。

"辛苦的是富美叔母,不但得照料叔父,平时女主内的她,还要以主人的身份,决定沼田先生前来请示的事情，每天过得劳心伤神。冬日将近的那阵子，她受了风寒却勉强自己，结果引发肺炎，很快就过世了。

"当时，沼田先生在隔壁房间不经意听到富美叔母气若游丝地啜泣，却依旧柔声地说：'真对不住，我年纪比你大，如果年轻十岁，就能再照顾你二十年了。'

"父母也带我去参加富美叔母的葬礼。仪式简单而隆重，灵柩抬到门口，外面正下着冬雨，父母要我留下来陪叔父。过了一会儿，护士离席时，一直沉默不语的叔父抬起左手招我过去。我将耳朵凑近他嘴边，他要我从衣柜的抽屉里拿出富美叔母的和服，放进棉被中。他丝毫不害臊，说得理直气壮。我马上依言行事，将和服放在他身旁，替他盖上被子。

"然后我重新坐好，听着屋外的雨声。心想，那声音在异常遥远的地方，却越来越响亮。竖起耳朵仔细听，听着听着，我吓了一跳，那正是听惯了的海潮声。我回过神来，看了叔父一眼，发现他用左手将和服的边缘放入口中咬着，一脸遥望无垠远方的表情，仿佛要将和服撕碎一般。

"不久，叔父二度中风便过世了，得年未足半百，四十有九。"

11

我叹了一口气。

当时的少年，如今以年近七十的高龄坐在眼前，时光流逝如链条般不绝，令我感叹。

"我不太清楚织部的画像后来流落何方。那幅画的画风朴实，没有获得任何好评。不过，按照沼田先生的记忆，是和其他古董一起被某家制铁公司的社长收购了。那位社长的家在战火中付之一炬。所以，那幅画大概已经不在世上。这么一来，从前觉得那么可怕的画，现在却无论如何都想看再一眼。"

圆紫大师点点头，说了句"最后一瓶了"，又点了一瓶酒。

老师戴上眼镜，困惑地微笑。

"唉，事情就是这样。明明是一幅画，梦中人物却以真实的形态出现。这是个不合常理的梦吧？"

"请问……"我悄声问道。

"什么事？"

"可以问几个问题吗？"

"你尽管问。"

老师端起酒杯，又说："替学生解惑是老师的工作。"

我一面整理思绪，一面发问："那间仓库上了锁吗？"

"当然。但我不知道怎么上锁，也不想进去。换句话说，我不清楚实际情况。反正，看到仓库打开时，那些大大小小的锁已经解开了。唉，这也难怪。毕竟仓库里放的又不是一文不值的破铜烂铁，那是专为收藏贵重物品特地建造的仓库。"

"小孩子打不开吧？"

"绝对打不开。"

老师的表情渐渐变得愉悦起来。大概是对于这长年百思不解的问题也令其他人伤透脑筋，感到些许痛快吧。

"仓库是由那个沼田先生管理的吧？"

"是的，他原本就是工作方面的总管，个性稳重，深得叔父信赖。叔父在身体不听使唤之后，沼田把事务交给别人，以管家身份陪伴叔父，他总是左一句'头儿'，右一句'头儿'地称呼叔父。"

"那位先生不可能说'小朋友，有这种东西哦'，然后把东西拿给你看吧！"

我也觉得好笑，越说越小声。

"不可能，我刚才也说过了，那些古董搬出来晒太阳时我不在场。再说，我是从五六岁开始做梦的。特地把织部的画从仓库里拿出来给这么小的小孩子看，然后再收起来，也未免太奇怪了吧。"

"老师的叔母也没有必要做那种事。"

看来只好放弃这方面的推理，只能考虑老师在幼儿期看过某种形式的画像。

"这样的话，从老师知道织部切腹自杀这一点来思考如何？"我灵光一闪。

"哦？"老师探身向前。

"也就是说，就算五六岁时没读过古田织部的传记，大概也看过画吧。那张切腹的画让老师留下了印象。"

"传记是指？"

"像是立川文库之类的书……"

我只知道这套真田十勇士的文库名称，老师则一脸严肃。

"着眼于这一点很有趣，而且符合年代。但是，我也不知道整套书的内容，而且织部的生平并没有被编成故事书。"

老师对圆紫大师说："怎么样？"

"这个嘛……"圆紫大师转脸看我。

"立川文库搜罗了玉田玉秀斋的说书内容，出版于明治末期，在那之前也有人将说书内容印刷成册。但是，如同老师所说，织部的生平不太可能被编成故事书。"

圆紫大师说到这里，将盘中剩下的海带蘸上芥末吃了起来，故意吊人胃口，有点讨厌。

"假如看了完全无关的书而做噩梦的话，梦中人长得和那幅画一样也太奇怪了吧？如果对象是家康，就有某种程度的共同印象。"

老师说道。

"正因为是不太认识的人,出处有限不就更像吗?"

"这么说倒是有几分道理,但我看过的织部肖像都是独一无二的。有几尊织部的木雕,倒是一点也不像。"

"既然这样……"

圆紫大师苦思其他理由。

"像是织部正好长得像某个讨厌鬼。"

"长得像某个想将他开肠剖肚的家伙吗?"老师笑了,我也跟着笑了。

"不,我没有日思夜想、恨到会梦见的对象。再说,黑帽加上素袄的打扮很奇怪吧?"

"嗯……"

我双臂环胸,咬着嘴唇。

"怎么样?举手投降了吗?"

"对了。"

我察觉到一件最单纯的事。

"是美术书。老师的叔父家,或者父亲家里都有美术书。老师当时五岁,不知道那是什么,甚至不记得自己看过,那印象却强烈地留在潜意识中。"

"一开始我也这么想。不过,就像刚才说的,那是一幅默默无闻的作品。刊在书本上的作品,至少有点知名度。但是,这幅画是来自笔山这户人家,叔父买下后直接收进仓库。与之相关的,无论是美术书还是其他书籍,我都不可能看过。"

"这……这么一来……"

"怎么样?"

我投降了。

"是因为织部的灵魂。"

老师复杂的表情里掺杂着失望与满足,他将酒瓶倒过来,把剩下的酒液斟进杯中。

"看来有些事无法用智慧解决。"

接着,老师问圆紫大师:"你没有问题吗?"

圆紫大师以平常的语气应道:"是的,光听老师说就够了。"

我挑眉看了圆紫大师一眼:"'就够了'是什么意思?"

"我想……"圆紫大师说,"结论已经出来了。"

12

回程因为顺路,我和圆紫大师一起搭地铁。车上并不挤,我俩并排而坐。

"门禁没关系吗?"

"不要紧,今天已经跟家人报备过了,说要和名人见面。"

圆紫大师挠了挠耳后:"我不是名人吧?"

"在我家是名人。"

我们相视而笑。

"可是,您没解释给我们听,太奸诈了。"我以笑容缓解紧张的情绪,顺便抗议道。

"织部的事吗?"

"嗯。"

圆紫大师没有回答,反而问道:"你一开始听到上锁,以为是梦游吧?"

"是的。"

"可是,老师不可能看过仓库里的东西吧?"

"那么,怎么样才有可能?"我盯着圆紫大师。

"哎呀,请让我掌握确切的证据,我会去查证一下。"

"这种事会有确切的证据吗?您究竟要向谁查证?"我语气温和却带着明显的质疑。

"伤脑筋啊,我并没有吊你胃口……"圆紫大师的眼中浮现少年般的捉弄眼神。

"没有才怪。"

"哎呀,您欺负人。"

"我是说真的,请你见谅。当然,不光是这样。视情况而定,我会找到'不动如山的证据',而不是河内山的黑痣[35]。不然,我就不会让你久等了。给我一个月的时间,总会有发现的。"

---

(35) 歌舞伎《河内山》的著名台词:"我记得一个不动如山的证据,他的左脸颊上有一颗黑痣。"

"好像在讲什么新产品上市一样。"

地铁站之间的距离很短，车厢发出巨大声响，滑进月台，待乘客上下车后便开动。

"到时候我会告诉你们。所以，按照刚才的约定，我们在老师的研究室碰面吧。"

"对了！"我高声叫道。若非置身于地铁车厢中，想必音量颇大吧。

"怎么了？"

"我会见到您，其实是因为……"

我简明扼要地说明自己被选为座谈会成员的来龙去脉。（当然，我说老师开门时，我站在那里睡眼惺忪，但绝对没有打哈欠。）

"当时，我想到一件奇怪的事。"

我用手指在眼前写了"①"。

"第一，老师对待书本明明十分随性，对于弄脏内页却非常在意。可是，这个原因也找出来了，是他同时受到父亲和叔父的影响。然后……"

接着，我又在空中画了一个"②"。

"第二，老师在五十岁之前，异常厌恶织部的陶器。这个原因也找出来了，因为他将切腹自杀的织部和叔父的死联想在一起。说起来，他们都是死于非命。织部这个人，以及画中描绘的陶器，象征老师在小时候对于可能遭遇挫折的人生产生恐惧。这种情绪一直存在着，导致老师莫名地厌恶织部。按照老师刚才所说的,他叔父在四十九岁去世,所以五十几岁成了他人生的一个关卡。"

我兀自点头,接着说:"老师已经过了那个年龄,踏入叔父未曾经历过的领域,再加上对于身为学者的自己产生了坚定的自信。说白了,也就是老师从此解除了长年以来的束缚。"

说完,我观察圆紫大师的反应。他果然露出"已经想到这种地步,那么接下来呢"的表情。

"是吧,我认为你说的一点也没错。"圆紫大师坦白承认。

"听完你刚才说的,我明白了。选择老师的研究所作为揭晓谜底的地点,虽然是误打误撞,却是个正确的决定。"

这是有始有终的意思吗?无论如何,电车即将到达我要转车的车站。

"请问……"我边起身边说,"能不能给我什么提示?"

地铁发出轰隆声,从一片漆黑驶进明亮的车站中。

"这个嘛……"

圆紫大师抬起和善的脸,温和地说:"我想,织部一定是躺着的。"

13

这男人真无情。我回想当时的情景,虽然一肚子气,但脑海中一浮现圆紫大师的表情,就没办法讨厌他,反而扑哧笑了出来。

总之,我得下车了,带着那句禅语般的话回家。

原本我打算在海外剧团来日本公演的那一天去观赏,后来却用那笔钱参加了新宿的落语名人会。圆紫大师精神抖擞地表演《茶金》,在台上一如往常的他,散发出极度开朗的气息。

老师也和我一样急着听谜底,我在近代文学概论的课堂上碰巧与他对上视线,他显得很不安。

就这样过了两个星期。

我出席概论课。下课前,老师一气呵成地讲完了上课内容,然后悄悄地对我使眼色。我和走出教室的学生们逆向而行,像个心怀鬼胎的女学生,雀跃地走向讲台。

"就是明天了。"

老师以《汤姆历险记》中汤姆说出冒险计划的口吻说道。

"没想到这一天这么快就到了。"

我也露出共享秘密的人才懂的微笑应道。

14

隔天上午十点,这个约定时间很早,不过老师和圆紫大师只有这个时段有空。若想早一点听到谜底,就顾不得这些了。

这一天,农历五月的梅雨暂歇,符合了"五月晴"的本意。

我和老师很早就来了,我们正在用织部的茶杯喝咖啡,圆紫大师则在九点四十五分敲门。

"请进。"

老师起身招呼,并动手替圆紫大师倒咖啡。

"打扰了。"

圆紫大师走进来,手上提着纸袋。袋中大概是"证据"吧。

"急死人了,来,快点,快点。"

老师随手放下茶杯,催促着圆紫大师,就像看到糖的小孩般大呼小叫。

"抱歉,在那之前……"

圆紫大师将手伸向书柜,问道:"方便借用一下吗?"

老师一脸诧异:"可以啊!"

圆紫大师陆续拿了几本书,唰唰唰地翻页,白色纸张翻动,宛如风车转动的扇叶。

我知道圆紫大师正在确认我提过的事。

过了一会儿,圆紫大师对我微笑。

"原来如此，你说得没错。"

"搞什么，你们是共犯啊？到底是怎么回事？"

老师的表情如坠五里雾中。

"不，我只是跟圆紫大师说过，老师好像坚持不在书本上写字。我想，圆紫大师正在确认这一点。"

接着，圆紫大师说："真干净，内页和新书一样。"

"有问题吗？"

"嗯，有一点。"

圆紫大师轻施一礼，坐在椅子上。若以《文七元结》[36]中的元七来相比，圆紫大师倒是有几分神似，身穿朴素的蓝衬衫，看起来很年轻，如果走在校园里，比起讲师倒更像研究生。当然，大概也是因为今天天气不错。

"很抱歉，拖到今天才说结论。今天，我会很清楚地从头讲一遍。"

圆紫大师说完，拿起杯子，以柔和的眼神看了一眼，再啜饮一口，终于开始说了。

"好，首先我们知道的是，梦境的源头是老师叔父买的那幅织部的画。既然看到相同的长相、身影，

---

[36] 三游亭圆朝的作品，在落语中属于以风土人情为题材的段子。登场人物众多，剧情冗长，由于剧情中不可缺少趣味，因此本作算是一种挑战。反过来说，若能表演这个段子，就算是独当一面的落语师。

这一点就不容否定。这么一来，可能性只有两个：看过真迹或复制品。如果前者不可能，那就只有后者。"

我对此并不满意。如果截枝去叶，确实会产生这种逻辑。正因为有各种要素阻碍，所以才无法进行这种直线思考。

"说到复制品，您的意思是老师的叔父用相机翻拍了织部的画吗？"

"不不不，当年不同于时下能够轻易拍照，而且只翻拍这幅画也很奇怪。假如老师的叔父习惯将中意的美术品拍照留底，这件事也会出现在老师和沼田先生的对话中吧。毕竟这种事无须保密。"

圆紫大师接下来应该会解释什么是复制品。然而，重大的阻碍仍然存在。

"就算是这样，也得解释古田织部为什么切腹自杀。这件事合乎逻辑吗？"

"哎呀，我觉得正因如此才合乎逻辑。"

圆紫大师抬手制止我，然后竖起食指："要弄清楚这件事，有三个关键。"

圆紫大师严肃地说道，随即微微一笑，用手指画一竖，接着将它圈起来，形成了"①"。

"第一，老师是医生之子，而且从小就讨厌医院和手术。第二，老师开始做噩梦，正好是他叔父买下那幅画的时候。第三，老师的父亲教他珍惜书本，但是在叔父家，神圣的书本却被随手乱扔。就是以上这三点。"

圆紫大师学我在地铁车厢中的动作,接连画了"②"和"③",然后说:"从第一点来看,比起一般的小孩,切腹这个概念对于小时候的老师而言更具有真实感。听说在明治时代,武士家族会让孩子练习切腹的动作,今昔不可同日而语,当时的孩子对于切腹应该会有鲜明的印象。老师从小就听说过切腹这种行为,再加上家业从医带给他对于手术的印象,于是他害怕自己可能在现实生活中被剖腹。"

老师皱起眉头。

"经你这么一说,或许是那样没错。在我懵懂无知的时候,就听家中的工读生说过动手术的事,我非常害怕。大概是从那时候开始害怕手术的吧。"

圆紫大师拿起杯子,大概是想起我说过喜欢镜花吧。他像在打招呼似的说:"虽然与正事无关,不过泉镜花有部短篇叫作《手术房》。"

"三岛霜川[37]也有部短篇叫《解剖室》啊。"

我像个文学院学生般还击,感觉出了一口气。实际上,前一阵子我才看过这部作品。圆紫大师说:"噢,是哦。真痛快。"

"那,接下来呢?"

老师不在乎我们愚蠢的对话,催促圆紫大师继

---

[37] 三岛霜川(1876—1934),日本作家、戏剧评论家。

续说。

"是，接着是第二点。我认为梦的来源应该是书本，这是最合理的。"

我反驳道："可是，那幅画不可能刊在美术书籍上吧？"

"那当然。"

"既然这样，您说哪种书上会有呢？这不合理吧！"

"不，在这种情况下，书上没有反而不合理。"圆紫大师慢条斯理地说道，"告诉你，就在老师的叔父买下那幅画的时候。"

老师的表情好像大口咽下了什么。接着，脸颊渐渐染上一片红晕。

"对了，经你这么一说，果然没错。书上没有反而奇怪。"

接着，老师摇摇头，仿佛在跟自己赌气似的说："我为什么没发现这么简单的道理呢？"

"小孩子大概没想那么多吧，就算成年以后，也不会认真思考这件事。"

圆紫大师边说边打开纸袋，先拿出一本薄薄的手册，标题是《古书名录》。那是两三年前的古书展简介。圆紫大师指出以下部分：

一二三一 京都伊东家藏书投标目录 帝都

美术俱乐部 昭和一四 三五〇〇

　一二三二　吉田一恭庵珍藏品拍卖目录 镰仓美术会 昭和一一 三〇〇〇

　一二三三 笔山男爵家藏书投标目录 帝都美术俱乐部 昭和二 四〇〇〇

　一二三四　米河家藏书展览目录 帝都美术俱乐部 昭和七 七〇〇〇

　一二三五　清元藤久旦角投标目录附得标价格表 帝都美术俱乐部 昭和一〇 一万

"一二三三"的旁边画着红线。

"我有个喜爱收藏古书的朋友,问他有没有笔山这个贵族变卖书画古董的目录,他很快就查出来了。"

接着,圆紫大师对我说:"报上不是有邮购广告吗?壁龛挂轴的广告也有附照片版吧?"

用不着说一大堆,这些我都知道。老师的叔父参加投标,当时手上有目录确实合理。我满怀自信地说:"这是第二点吧!而第三点,粗鲁待书的人,也有可能随手把目录放在小孩轻易拿到的地方,结果老师看到了那本目录,是这么回事吧?"

但是,圆紫大师一脸困惑。

"大致上对,不过我想再稍作补充。毕竟,根据老师所说,他叔父对待书本相当粗鲁。"

接着,圆紫大师掏了掏纸袋,拿出一本书。

织部的灵魂

老师的厚唇抿成一条线。

似乎是因为年代久远，封面微微泛黄，素色封面上印着斗大的铅字——《笔山男爵家藏书投标目录》。

"好不容易借到这本目录。这在古书专卖店也找不到，只好请老板告诉我可能有这本目录的人或是机构，费尽千辛万苦总算借来了。"

圆紫大师恭敬地将它递给老师。老师默默接下，将茶杯挪到一旁，以面纸擦拭桌面，再将那本书放在桌上。

圆紫大师看着目录封面说："在我看来，上面的织部可能只是横躺着。"

老师缓缓翻动书页，照片页全是黑白印刷，纸质良好，最先出现的是一整页山水画，翻到第三、四页时，老师忽然停下了手。

左页的下半部刊载着纵长的织部肖像，确实是横躺着。

"嗯、嗯。"

老师低声沉吟，转动书本的方向。隔了半个世纪，织部的肖像画再次与老师面对面。书页的上半部，也就是转过来看的左边又分成两个部分，刊载着像是香盒的物品。

我的心情好像在欣赏魔术表演。

鸟儿倏地飞过窗外。

老师一语不发地专注看画。我畏畏缩缩地将视线移到圆紫大师身上。

"为什么……为什么您会知道？"

"如果不是横躺着，就没办法切腹。"

圆紫大师说道。

"啊？"

"当你看到目录上想买的商品时，会做什么记号？如果是我，应该会把商品号码圈起来。然而，听老师形容叔父的个性，就算他怕麻烦将那一页对折也不值得大惊小怪。织部的肖像从腹部以下被折了进去，老师在翻页的时候，那一页冷不防地跃入眼帘。折书页这种行为，在老师家根本是连想都不能想的禁忌。"

我点了点头。

"我有一个朋友的太太有洁癖。大概是因为疼小孩，所以干一点活儿之后就会要求小孩马上洗手、使用无菌棉、不准小孩在父母用过的盘子里夹菜，或是吃别人尝过的食物。听说她是以这种方式养育小孩。孩子懂事以后，有一次她带小孩回娘家，却忘了带孩子的茶杯，她觉得在自己娘家没关系，于是拿了家里的茶杯让孩子使用，但是孩子拒绝了。强迫孩子吃娘家的东西，孩子马上出现了严重的腹痛症状。对于小孩而言，家规是一个非常强大的束缚。如果是特别敏感的小孩，这种情况会更明显。"

接着，圆紫大师以眼神指向研究室的书柜。

"乍看之下，老师随性对待书本是受到叔父的影响，或者也可以说是对父亲的反抗。然而，我刚才也确认过了，这些书本上没有写半个字，这证明了家教多么深植人心。"

圆紫大师的视线飘向空中。

"小时候，有生以来第一次看到书页被折，而且武士的肖像画从腹部被折成两半。这件事和切腹及手术的印象重叠，白天顾着玩耍便忘记了，结果却出现在晚上的梦中。"

研究室再度恢复宁静，圆紫大师说完了。

织部的画像沐浴在明亮的光线中。或许是记忆中的迷雾散去，他的身影看起来反倒像是做日光浴的庸俗老人。

不久，远处传来学生们的说话声和脚步声，仿佛阵阵波涛。上午的课程结束了。老师抬起头来。

"哎呀，这……这真是……"

老师说道。他并没有流泪，却一脸破涕为笑的表情。

年近七十的老师缓缓起身，面向窗边，将一双手指粗短的手背在身后。他望着在玻璃和金属反光下的东京街头，以及残留在枝丫上的柔嫩绿叶。魁梧的背影给人一种很温暖的感觉。

我想，老师一定在聆听那年夏天微风拂过松树的声音。

砂糖大战

1

一到七月底,天气热得像在洗桑拿——这是共识,还是既定观念,或者干脆说是"事实"。

所以,我穿着一件看起来很凉快的无袖上衣,纯白底绲深蓝边,来到了东京。然而,这是个错误的决定。

我这人总是学不乖,一直在重蹈覆辙。其实我前一天去听歌剧,觉得膝盖和手肘好冷。当时,谁都会觉得剧院里的空调开得太强了吧。晚上回家时,我就有这种感觉。

实际上,今年是冷夏,不过实在冷得出奇,我还真担心海产店和啤酒屋的生意撑不下去。若是恶魔把十个人从别的季节带过来,然后要大家猜:"好,你觉得现在是几月?"恐怕这十个人都会猜错,最后小命不保。

今天早上,太阳公公露脸。太阳的力量真伟大。

我昏昏沉沉地挑了一件夏装。可是，电车离站之后，负责照亮大地的太阳公公便躲进了云层。

我转乘地铁，电车在涩谷钻出地面时，天空看起来好像快哭了。

我来涩谷一趟，是因为昨晚突然想起朋友说有部关于高更的电影正在上映，不过不知道下映了没，也不知道是不是真的在涩谷放映。我天生急性子，心想反正去看看，如果没有就算了。我大概早上十点半抵达，在书店里站着阅读电影相关信息，这么做虽然有点抱歉，不过我不是开玩笑，今天还真冷。

明明快八月了，气象预报仍未宣布梅雨季结束，明年的这时候若是还听闻这种现象，大概有点难以置信吧。我犹豫不决，担心电影院可能开空调。原本打算来看电影的我，脑海里不可能没有御寒对策，不过，出门时却忘了（到头来什么也没做）。

我皱眉缓步而行，路上的高中生从我身边走过，瞄了我那裸露的手臂和肩膀一眼。当然，我不敢自夸，自己并没有吸引青春期男孩的魅力。可岂有此理，那家伙穿着衬衫，袖子卷起，一走过我身旁，马上把袖子拉了下来。

这下糟了。

或许是心里这么想，我格外注意路上西装革履的男性。

一想到自己的穿着与周遭人格格不入，心情顿时低落了下来。

我失去了看电影的兴致，漫无目的地随着人潮前进，自然而然走到了八公[1]前面。我垂头丧气地坐下，身边坐着一名中年妇女，穿着有袖衣服。另一边也坐了两名女学生，她们穿着制服，无忧无虑地朗声聊天，仿佛连阴郁的天空都亮了起来。当然，她们身上的制服也有袖子。

我渐渐觉得自己的无袖上衣非常荒谬。

"请从石洞里出来……"

我喃喃自语。如果以这身不合时宜的打扮，向太阳公公祈祷，简直是个不成体统的天钿女命[2]，不如跳场祈晴舞算了。

"等很久了吗——"

耳边传来一个拉长话尾的声音。坐在稍远处的一名年轻男子面前，站着一个穿着牛仔裤的女孩。

"等好久了——"

说他们像夫妻呢，但又像男女朋友吧。男子以一模一样的语调接话，站了起来，体形高瘦，活像一根竹竿。

双方是挑选个性相同的人为交往对象吗？是女方配合男方？还是正好相反？抑或彼此携手打造一个通

---

[1] 涩谷车站前的著名铜像"忠犬八公"。
[2] 日本神话中的跳舞女神。《古事记》记载，天照大神因故躲进岩洞，天钿女命在外跳舞，最终引其出洞。

过两人法则来运作的小国呢？我不太明白，怎样才会形成这种组合。

"等得我头发都白了——"

"抱歉——"

两人的对话和背影渐渐消失在人群中。

我如果就这样坐着，看起来也像是在等"男朋友"吧，或许会因为长得好看而被搭讪……我想象着这类无聊的事，双臂交抱，以手掌抓着手肘取暖，觉得关节部分，也就是肩膀和膝盖好冷。

我看了裸露三分之二的膝盖一眼，并以手掌抚摸手肘，忽然想：为什么不说肘盖呢？手肘正好被手掌包覆着，肘盖不是比膝盖可爱多了。

"小肘盖、小肘盖。"

我又在喃喃自语，缩了缩脖子，眼前突然出现一名男子。

"你看起来很冷哦？"

他确实在对我说话。我出于防卫本能，绷紧身子。

（怎么办？别理他，他就会走开吗？）

我姑且沉默地低下头，连手都停下动作。

"我也有点感冒了，还好喉咙不痛。"

我猛然惊觉，抬起目光。白皙的脸孔、姣好的眉形、内里雏[3]般的精致五官，这张现代感十足的脸正看着我。

"前几天感冒的——"圆紫大师说道。

2

"前一阵子你说过，跟咖啡比起来，你更喜欢红茶吧？"

圆紫大师问道。我们经过天桥底下，朝宫益坂的方向走去。他在大学解开织部的梦境之谜，那天下午，我们回程一起搭车的途中，我不经意说出自己的喜好。

"是的。"

"所以我才会出声叫你。前面不远处有家红茶店。"

我们在大马路右转，往前走到第二三家店，门口挂着一面米白色招牌，以深褐色字体写着"ad lib"。

"听说老板以前当过演员。"

"你们认识吗？"

"不，我也是第二次来。前一阵子，紫带我来过。"

---

[3] 日本古装人偶的一种，依天皇和皇后的造型制成的男女人偶，分别名为男雏和女雏，又称内里样和御雏样。

砂糖大战

紫是圆紫大师的弟子。今年春天，他独挑大梁，从小紫升上紫。面如冠玉、才气纵横、舌灿莲花，相当受女孩子欢迎。

"那天很凉爽，店里没开空调。我想今天也不会开。"

大门的玻璃内侧挂着一张厚纸板，上面用马克笔工整地写着"十一点开始营业"。我条件反射地看了手表一眼，十点五十六分四十七秒。秒针往四十八、四十九、五十移动，其实不必持续盯着指针。店家或许是察觉到外面有动静，有人伸手拿下厚纸板，把门打开。感觉那扇门很沉重。

"欢迎光临。"

是个女孩，一双大眼滴溜溜转，一脸惊讶状。大概是工读生吧。

"看吧。"

圆紫大师一脚踏进店内，回头说道。果然没开空调，室内装潢采用与招牌一样的米白色调。

"来这里喝茶，心情会平静下来哦。"

我们在靠走道的座位相对而坐，圆紫大师像在对获救者说道。我扑哧一笑。

"坐在八公前面的我，看起来那么可怜吗？"

"不。该怎么说呢，像是'无家可归的小孩'。"

一头短发的我，或许格外符合这个角色。

里面的门打开，老板出现了。他走进柜台，身材修长，突出的下巴蓄着胡子。

工读生过来给我们点餐。

我和圆紫大师分别点了阿萨姆奶茶和锡兰柠檬茶。

"比起咖啡，为什么你比较喜欢红茶？"

"与其说喜欢或讨厌，倒不如说是个人喜好。"

沉重的大门打开，有三个女孩走进来。顿时，三人背后灰蒙蒙的天空映入眼帘。由于店内的窗户是大片雾面玻璃，所以我不知道她们是不是和我们一样，从相同的方向走这条小巷进来，那感觉简直像是剪下了眼前的世界，从前方直接走过来似的。

我之所以会有这种感觉，或许是因为她们不像叽叽喳喳的小女生，在落座之前一句话也没说，沉默地坐在离我们和柜台最远的内侧座位。圆紫大师背对着她们，我的位置则看得见。

其中一人面向我们低头坐着，其余两人背对着我们。

"那，你为什么喜欢红茶？"

"嗯……"

我以左手抓住玻璃糖罐的银盖，稍微拎了起来。当我拿起又放下时，盖子发出了"锵"的清脆声响。

"当然，因为这是饮料，我只要说喜欢那个味道就行了。确实也是如此，不过还有一点，纯粹是我个人的印象。"

"印象?"

圆紫大师以精神分析师的试探口吻,温柔地问道。

"嗯,总觉得咖啡好像巴洛克,红茶像洛可可。"

这可不是老早就想好的形容,而是现在看着圆紫大师,心情很放松,好像正与一个理解能力很强的叔叔交谈,心里的感受自然化成言语。

茶送来了。

3

工读生把茶送上来便离开,我连忙说:"呃,请让我猜猜这家店的老板是个怎样的人。"

由于圆紫大师在前一阵子巧妙地解开谜题,所以我想向他聊表谢意。

"什么?"

圆紫大师偏着头问道。我不理会,迅速说:"完美主义者。拘泥于小事,做事一丝不苟,心细如发。"

我一口气说完,然后看着圆紫大师,想知道自己猜得对不对。

"好,我问你。"

不过,圆紫大师不慌不忙地交抱双臂。

"你是基于什么理由?"

红茶茶杯微微冒出水蒸气。

"那，请您猜猜看，限时一分钟。不能边喝边想哦。"

我将身子稍微倾向桌面，圆紫大师微微一笑。

"这个吧。首先，你并不是从老板的打扮来判断的。如你所见，他身上的白衬衫很干净，但是从这一点来判断也未免太普通。店内的装潢也是如此。你不可能像刚才那样，凭一股蛮劲瞎猜。不过，好像也没有其他线索。"

我缩回身子靠在椅背上。圆紫大师接着说："这么一来，说不定有些线索只有你知道，而我不知道。所以，我马上察觉到的是……"

这次，换圆紫大师将身体倾向桌面。

"你说红茶会令人联想到洛可可，所以你喜欢红茶。这段话的余韵尚存，你却突然转到这个话题。当时，发生了什么事？红茶来了。然后，你急着说出自己的想法。为什么红茶一来，你就急着说呢？"

圆紫大师将手放在桌上。

"还有，你刚才故意说：'不能边喝边想哦。'为什么不能喝了茶再想呢？当我一说出'线索'时，你就缩了回去。"

圆紫大师愉悦地看着我，一副好像在教小孩子功课的模样。

"这么一来，我会很想赶快喝呢，而且，桌面上的东西应该就是你思考的'线索'吧?说到你刚才看到了什么……"

圆紫大师迅速指向那个银盖糖罐,汤匙柄从盖缘的凹槽露出来了。

"怎么样?"

我默默低下头,表示"被您猜中了"。然后,我拿起糖罐的盖子,放在一旁。那个糖罐是玻璃材质的,但是这样看不出来,里面盛满了纯白砂糖,离罐口约二厘米处的砂糖表面有被抚平的痕迹,好像僧侣早上打扫过的禅寺庭院。竖立的汤匙有一半被埋住,就像院子里的树。

"每天在开业前,店员会把糖罐里的砂糖弄成这样。"

我起身离座,拿起邻桌的糖罐一看。果不其然,罐内的砂糖弄得一模一样。

"果然没错,毕竟只整理这一桌很奇怪。如果以这个理由判断老板是你刚才说的那种人,那也不足为奇吧!"

"是啊。"

圆紫大师像是舍不得弄坏平整的砂糖庭院,稍微瞧了一下,然后小心翼翼地拿起汤匙,像是从积雪中拔出树枝般地移动。

他舀了一匙,我则加了两匙。

温润的奶茶对于"无家可归的小孩"而言,真是人间美味。

"你还在放暑假吧？"

今天是非假日。

"是的。"

"我女儿也放暑假了。"

"她几岁？"

"七岁。小学一年级。"

"正是可爱的年纪吧？"

"不，已经变得很傲慢啦。"圆紫大师嘴上这么说，仍然露出开心的表情，又说，"不过，现在的小学也会布置很多暑假作业，几乎都是父母不帮忙就没办法完成。"

如果他替小孩写作业，大概会写出满嘴道理的作文或日记吧，我觉得有点好笑。

"其中最令人头痛的，就是自然科学的自由研究。题目是养昆虫，还要整理成一篇报告，我问女儿想做什么，她说想养蚁狮。"

"蚁狮……"

"嗯，呃，一种昆虫，会挖出磨钵形的坑洞。"

"蛟蛉的幼虫，对吧？"

"是啊。听说电视上播过《绿野仙踪》，剧情里出现了巨大的蚁狮，好像让她印象深刻，还问我蚁狮可不可怕。我告诉她，蚁狮其实是一种小昆虫，爸爸小时候养过哦。结果，她一直记着这件事。一听说要养虫，就坚持要养蚁狮。"

"嗯。"

"我马上答应她，还说会替她找，可是偏偏找不到。我家在中野，心想中野不可能没有，姑且牵着她在家附近找，却遍寻不着。孩子开始闹别扭，我也心浮气躁，父女俩简直像在吵架，真是吃力不讨好。"

宠小孩的父亲，原来他的弱点是小孩。

我像个打算赐赏的女王，从容不迫地说："既然这样，那我给您吧。"

"咦？"

"给您蚁狮。"

"你有吗？"

"嗯，我家有。"

我家仓库的屋檐很长，向前延伸成一处简易的晒衣场，地面总是维持干燥状态，是蚁狮绝佳的栖身处。坦白说，我和姐姐也在小学时期的自然观察作业中，各自使用了蚁狮一次。我制作了好像转圈圈的蚁狮挖洞图解，被老师贴上金箔纸，放在公布栏上以示奖励。多亏了蚁狮，这次它又在意想不到的地方派上用场。

"真是太好了。"圆紫大师打从心底松一口气地说道。

"那，我去拿来。"

"怎么拿？"

"我会找个比较深的年糕盒,连同沙子一起装好。"

"这样啊。可是,麻烦你这种私事,叫我怎么好意思。"

"小事一桩,反正我也闲着。那,我在哪里把东西交给您呢?"

圆紫大师想了一下,歉然地说:"明天晚上可以吗?"

"嗯。"

"这样的话,明晚在车站对面的道玄坂会场有一场紫的表演,我也会出席,你要不要去听?当然,我会事先保留座位。"

"哇,求之不得。"

"他排练得很认真,这是他独挑大梁之后,第一场定期举办的个人表演,他也很紧张。我想让后台保持安静,他的听众大概也会来。不好意思,没办法好好招待你,我会从我家出发,能不能请你在席间把东西交给我?"

不用说,我点了点头:"您真是一位好父亲。"

"不,倒也不是你想的那样……"圆紫大师忽然面露疲态。

"其实,我刚才为了明天的事去了会场一趟。对紫而言,现在是最重要的时期,在这个关键时刻得再加把劲才行。"

"技艺吗?"

"不,磨炼技艺是一辈子的事。"

圆紫大师说到这里便沉默了。前一阵子,他也不想提学生时期担任落语师的往事。紫先生和圆紫大师有个共同点,那就是年纪轻轻便广受好评,特别得师父宠爱。这肯定是一种幸福,不过在人际关系等方面,或许会有不足为外人道的辛酸。

圆紫大师在八公前出声叫我,说不定是因为看到了这个业界之外的人,不由自主地想找我聊聊。

4

圆紫大师探了探裤子口袋。

"口袋里什么都没有,果真空空如也……"

然后,他掏出几张票。

"你准备八月去东北吗?"

"跟朋友约好去玩,但还没决定要去哪里。"

"我会去藏王,如果你方便的话,这些票给你用。"

他递给我三张票,上面写着"藏王山之个人表演,尽情享受圆紫的落语"。

"夏天会有各种团体在藏王温泉开会。好几位指导关东东北学生戏剧的老师会在八月聚会,主办者是我的熟人，正好我当时的表演在山形举行，所以他说：'你干脆来藏王，晚上听你说落语。'"

今天凉飕飕的，但是这种天气不可能持续到八月。炎炎夏日，到山上泡温泉，再欣赏圆紫大师的落语，远离凡尘俗世，想必能洗涤身心。

"口袋里刚好有票，送你这种东西真不好意思。"

"哪里，我高兴都来不及……"我把票收进皮包里，"紫先生常来这家店吗？"

"哎呀，我不清楚他现在怎样，不过他学生时代倒是经常在这一带走动。"

"原来如此。"

我想问有关历代圆紫的事，虽然不打算边听边记录，不过既然听了紫先生和圆紫大师的落语，就想知道前人的事。

"在您之前，还有三代圆紫大师吧？"

"是的，第一代是明治的木村吉助，此人好像是世间少有的美男子。以前有人从小就在台上表演，他也是如此，长相俊美、惹人疼爱，很快就成为当时的红牌。他了不起的地方是，从不沉迷于观众的掌声。他热爱落语，天天精进技艺，这正是他的可取之处吧。在艺人父亲去世之后，他在名人橘家圆乔的家里待了几个月。不知道这对他本人的技艺有多少帮助。不过，从前的人总爱说好话，人们称这位吉助先生为'小紫'，后来，这就成了他的艺名。直截了当地说，他是'权八'。哦，你知道'权八'是什么吗？"

白井权八曾经在幡随院长兵卫家叨扰过一阵子，因而衍生出这个说法。后来，这个用语经常出现在江户的书籍中。

"是食客的意思吧？"

"对，他就是圆乔家的食客'权八'。白井权八是个美男子，所以这个名字也很适合吉助先生。本来叫权八就不错了，不过还有一个趣闻，权八的恋人名叫小紫，而吉助先生老是被误认成女人，所以人们叫他'小紫'也有这个含义。世人通称他为橘家小紫。后来，他说名字里不能出现'小'字，于是借用了圆乔的圆，变成了圆紫。"

"那么春樱亭是怎么来的？"

"当时，有位师父名叫柳亭燕枝，属于另一派的首领。圆紫和'燕枝'的读音相同吧，所以，柳树对樱花，春天的樱花就成了春樱亭，很有趣。但是，想法因人而异，也可以视为三游派向柳派的挑战。听说这名字是圆乔师父取的，是不是真的就不得而知了。"

"这位大师是第一代？"

"嗯，听说他的表演简洁利落，令人大呼过瘾。他很适合诠释《鳅泽》中的'熊'这个角色，精湛的演技令人起鸡皮疙瘩。"

"第二代呢？"

"第二代是须磨藤造，与第一代稍微隔了一段时间。他的表演风格稳重，与第一代截然不同，他算是我的师祖。听说第二代演出的《大杂院赏花行》表现出异常悠哉的氛围。而第三代就是我的师父浦边菊二，师父的落语现在也出了录音带，你应该听过吧？"

"嗯，我特别喜欢。"

圆紫大师显得很高兴，陶醉在师父被夸赞的喜悦中："谢谢，我也很喜欢。"

"他的表演让人很想接近他。"

"是啊，人们说'圆紫的表演令人无法抗拒'，不过这句话不足以道尽一切。他的表演温暖人心、强而有力，果然是有血有肉的人，相当优秀。人性化的演出在段子中展露无遗。"

"您是什么时候决定拜他为师的呢？"

"坦白说，是在铃本听到师父的《第一百年》时。"圆紫大师立刻又说，"或许我师父不是名家。但是，这出《第一百年》的老板这个角色，无论其他人表演得再精彩，我都不为所动。而我师父演的，肯定就是活生生的本人。"

"您是从几岁开始听落语的呢？"

"中学时期。我从小学四五年级起，该怎么说呢，算是适应不良吗？总之我讨厌上学，但是不去也不行，所以我还是会去学校。并不是害怕到全身发抖，没办法走进教室。我只是静静坐着，也不跟同学说话。回家就读书,拼命存钱,一存够钱就买票听落语。"

"府上在……?"

"上野。比起逛动物园,我更爱听落语,毕竟狮子又不会说落语。"

我扑哧一笑,脑中浮现狮子身穿和服、手持扇子,一脸困惑的模样。

"中学三年级的那年春天,师父压轴表演了《第一百年》。我当时还是个孩子,总觉得他年纪颇大,但仔细一想,当时师父还很年轻,比现在的我更年轻,因此要表现那位大老板的威严应该不太容易。"

《第一百年》的内容是这样的:

> 店里有个爱吹毛求疵、做事严谨的总管,每次外出为了讨艺伎欢心,总会去赏花。有一次,他喝醉的丑态被大老板撞见,他便做好了人头不保的心理准备。隔天早上,老板找他过去,非但没有生气,反倒讲起总管小时候刚到店里的往事及佛法,并告诫总管要体恤下人。

年纪轻轻就挑战这种段子,大概是有相当的感触吧。

"师父将这位老板表演得极为自然。非但如此,简直是出神入化,无可挑剔。至少,对当时的我而言是如此。丢脸的是,我竟然哭了。"

圆紫大师说完之后,稍微顿了一下。

"之所以说丢脸,是因为年近四十的我,竟然把自己哭了告诉像你这样的年轻女孩。当时,我丝毫不觉得丢脸,只是泪如雨下,这也让我吓了一跳,眼泪掉个不停。那天,我决定学落语,我要拜这位师父为师。"

5

接着,圆紫大师把话题转到明天的表演题目《倔强灸》上。

这个段子说的是一名脾气倔强的男子,想让别人见识到他耐热的能力,于是在自己身上针灸,点燃一堆干艾的故事。

"我针灸过哦,小学时长过鸡眼。你没有这种经验吧?"

"嗯,我没针灸过,也没长过鸡眼。"

"现在的人越来越不能忍耐,听说有的针灸不会发烫。不过,真正的针灸可不是开玩笑的。"

"有那么烫吗?"

"当然。"

"嗯……那我不想体验，听听落语就够了。"

"如果听这段落语感受不到热度，那就是我的责任了。我也会表演杀人犯或小偷的段子，所以，不能说没经验就无法体会他们的心情。不过，事实上，撇开刚才的蚁狮不说，举个例子，像古时候常用的蚊帐，现在几乎都找不到了，这也没办法啊。就像针灸这种疗法，自己或亲人接受这种治疗的情况也会越来越少吧。"

"是啊。"

"所以，有人索性把这个故事改成在超辣咖喱饭上放辣椒和塔巴斯科辣椒酱，或许比较能让人体会那种感觉。"

"原来如此。"

我一心认为《倔强灸》是那样的段子，从来没想过这种事，原来表演者会想这么多。

"不过，若是这个段子，我想表现一个有人排队等着被针灸的世界，其中的'倔强'并非那种'辣味直冲脑门的超辣咖喱'。换句话说，我想用古老的形式展现那种精神，重现生气。我从小热爱落语，也从中找到了很多乐趣，我一定要好好反馈一下。而且，光是回顾过往是不够的，表演功夫和技巧还是不可或缺的。"

我点点头。

6

一个男人走进店内,在柜台旁摊开报纸。

坐在角落的那三个女孩终究没有"保持沉默",她们正在聊天,只是叽叽咕咕的声音很低沉。

其中,面向我们的女孩体形肥胖,她的脸颊不是丰腴,而是整张脸圆滚滚的。这么说很缺德,不过总觉得她的眼睛、鼻子嵌在一块麻糬上。另外,背对着我们、坐在靠走道的女孩回头望了两三次,她的脸型椭圆,长相并没有显眼的特征。这两人身穿常见的两件式套装。

靠墙而坐的另一个女孩,我看不见她的容貌,她也没转过头来。

墙上挂着一个罗盘形状、颜色暗淡的飞标靶,在字母S底下,我只看到那女孩绑着马尾,身穿灰色衬衫搭牛仔裤。我从两张椅子之间,看到她把手伸向糖罐。

"昨天,我去看了《麦克白》。"我突然转变话题。

"哦?"

"歌剧《麦克白》。"我突然想聊聊这件事。

"歌剧的话,是威尔第的作品吗?"

"是的。"

"我也看了报纸的评论。怎么样?"

"我以为《麦克白》是一出'孤独'的戏,没想到那种孤独超越了戏剧本身。"

"哦？"

"特别是主角成为国王以后，不是有一幕宴会的戏吗？那段戏让我毛骨悚然。"

"鬼魂出现的场景吧？"

"是啊，虽然鬼魂本身并不可怕。"

就连《四谷怪谈》也是小说描写得比较恐怖，鬼魂一旦跃上舞台，总觉得有点滑稽。

"什么东西让你毛骨悚然？"

"麦克白周遭的活人。一定是因为大合唱，那种团结一致的感觉很强烈。麦克白夫妇面对群众、国家、世界，他们必须以两人的力量，与世界对峙。这种恐惧排山倒海而来。当音乐开始演奏，歌声响起时，我总觉得背脊发冷。"

"那是因为你站在麦克白的立场吧。"

"不管是谁不都会这样吗？'恶'的意义虽然不容易表达，但是如果不必负责而且单纯地讲，剧中最讨厌的角色应该是那三个女巫，还有打倒麦克白的那些家伙吧。如果问我会把感情投入哪个角色，当然是麦克白啦。因为，这世上没有人像麦克白夫人那么狡猾。"我一脸的气愤不平。

"为什么？"

"因为，她怂恿麦克白弑君，自己却丢下麦克白先走一步，真是没良心。"

"原来如此，原本一起的两人少了一个，麦克白可以说是完全孤立无援。"

"是吧！所以他最后也不开心。这是威尔第在意大利统一的全盛时期所写的歌剧吧！因为打倒麦克白，诞生了新国王，与当时的时代背景重叠，所以结局格外华丽。这是个误解，但我总觉得像是个人被国家权力击垮了似的。"

"但是，这跟偏爱的相扑选手不一样，不管再怎么替麦克白加油，今天也不可能让他获胜。"

"就是这个！"我拍了一下手。

"什么？"

"现在在明明是夏天，天气却很冷。在回家的路上，我边走边摩挲手臂，思考解决方法。"

"解决麦克白事件？"

"嗯。"

"有好方法吗？"

"简单来说，既然'麦克白会成为国王，而班柯的子孙将会成为国王'，因为麦克白没有子嗣，所以他只要收班柯为养子就可以了。更厉害的一招就是麦克白成为班柯的养子，这么一来，那三个女巫的预言便会落空。"我扑哧笑道。

"佩服。一千名观众看戏，大概只有你会这么想吧？"

"我果然是怪人吗？"

"不，我是在赞美你的创意。"圆紫大师意外认真地说道,"还有,赞美你的知识量。亏你知道威尔第是意大利统一时期的人。"

"噢,如果您说的是那个……"我从皮包里拿出笔和记事本,然后写下:

V E R DI

"威尔第?"

"是的,中学时期,我看过一本音乐史的书,这个名字出现在那本书里,据说当时的意大利人很庆幸这个名字暗示了国家统一。"

"为什么?"

"如果在这个字母后面补上……"

Vittorio Emanuele Re D'Italia

"就成了统一意大利的英雄的名字——意大利国王艾曼纽。"

"真是厉害。"

"我看过一次就不会忘,这是我唯一会写的意大利文。"

"'偶然'有时候会促成意想不到的事。对了……"圆紫大师头也不回地说,"你那么在意那三个女孩吗?"

7

我在圆紫大师面前拿着记事本，静止不动。然后，像是解除定格画面般放下了手。

我眨了眨眼，不甘心地问："您怎么知道？"

圆紫大师调皮地笑道："我猜对了吗？"

"您猜对了。"

"女孩子有三个，这不难猜吧？大门打开了两次，第二次打开时，走进来的客人在那里看报纸。这个人与其他客人并没有特别的关系。好，在那之前进来的人传来好几个脚步声，坐在我后面的位置，后来开始交谈。声音虽低，但好歹猜得出性别。"

"可是，您明明看不见，却连确切的人数都猜对了……"我话说到一半才察觉，圆紫大师坐的位置面向柜台方向。

"是水杯吧？"

"对，女服务生在托盘上放了三个杯子。"

"那您怎么知道我在意她们？"

"你的视线频频往我背后望去。你看了一阵子，突然提起《麦克白》。"

我心头一怔。

"当然，因为你昨天才看过那出戏，所以话题会转到那件事也不奇怪。可是，我觉得是那群女孩让你想说那件事的。"

在红茶里浮沉、沾染了红茶香气的柠檬片，此刻就放在圆紫大师面前的白色小碟里，柠檬黄的颜色很鲜艳。

"刚才在听你讲的过程中，我明白了这一点。关于歌剧《麦克白》，我印象中，报纸评论确实提到了舞台上有'大批女巫蠢蠢欲动'。说不定是因为歌剧规格，所以饰演鬼魂的人数不能太少。听好了，女巫有一大群。尽管如此，你看过歌剧，却还是按照莎士比亚原作，说了两次'三个女巫'。"

经圆紫大师一说，我发现果然没错。我下意识说错了歌剧中的女巫人数，说成了三个人。

"我只觉得是那三个女孩，让你联想到莎士比亚笔下的三个女巫。而你对女巫有强烈的敌意，是不是有什么事令你在意，让你心浮气躁呢？"

我望着圆紫大师的眼睛："您知道是什么吗？"

圆紫大师面露苦笑："我如果连这个都知道，那岂不是神了？"

您明明就料事如神。我总觉得他看透一切。我逐一思考，然后依序说明："的确，角落的位子坐着三个女孩。她们看上去二十岁上下，年纪跟我差不多。就一群女孩子来说，她们几个太阴郁了，所以我才会觉得很奇怪。"

我仔细描述她们的模样。当然，因为在谈论别人，我也就降低了音量，然后说："红茶一送上来，她们就把茶杯放在面前，然后将糖罐放在桌子正中央，再打开罐盖。首先，其中一人拿起汤匙，到此为止都很自然。"

圆紫大师点点头，说："从这一点来看，接着就要发生让你在意的事了吧？"

"是的。但是在那之前，我联想到《麦克白》的女巫也很自然吧？三个古怪的女孩围着糖罐。"

"就像三个女巫围着锅炉吗？"

"对啊，嘴里说着'火啊烧吧，水啊滚吧'，陆续把奇怪的东西丢进锅炉里。"

在阴暗的洞窟中，充满了咕噜咕噜沸腾的黄铜色汁液、呛鼻的毒气、犹如千百条蛇扭动的毒烟。

圆紫大师抿紧嘴角，仿佛现在才开始觉得真正有趣了。

"然后呢？"

"她们也陆续把手伸向糖罐。"

我说到这里停顿了一下，圆紫大师说："可是，她们并没有把奇怪的东西丢进糖罐里啊，如果她们这么做，你也不会闷不吭声吧？"

"是啊。"

"那，怎么了？"

我们走进这家店之后，圆紫大师两度在我面前解开疑问。俗话说，有一就有二，无三不成礼。但是，圆紫大师究竟能不能解开这个奇怪的谜团呢？

我缓缓地动笔写字。

柜台旁的男客折起报纸。

"这个。"

我把记事本转向圆紫大师,那上面写了一行字。

为什么展开了"砂糖大战"?

8

"您刚才不是说,在超辣咖喱饭上放辣椒和塔巴斯科辣椒酱吗?"

"嗯。"

"可是,如果必须忍受甜味或辣味,我宁可选择甜食。我以前念的女子高中附近有家拉面店,我不记得确切数量,但是店家表示只要客人吃下一两百只水饺,就能获得一万元奖金。当然,如果吃不下那个数量,那么吃多少就得付多少。"

冬天,我曾经和朋友一边吹凉面条,一边品尝汤汁浓郁的青葱玉米拉面。我回想那样的经验,接着说:"我的胃算小,连一般分量的拉面都吃不完。所以,实在不敢相信有人吃得下那么多,店家会以'某町某人'的格式,把挑战成功的客人姓名贴在墙上。没想到真有这种人,在三年级的文化祭那天,我有个朋友带她男友过来,对方表示他之前就挑战过了。"

朋友的男友人高马大，以男人来说，他有一对可爱的双眼皮。

"听说他当时已经不是在吃东西，而是闭眼将食物往嘴里塞。吃到过半数时，什么骨气、毅力都谈不上了。不过，如果就此打住，等于前面吃的苦头都白费了，这种念头在脑海里打转，于是他决定坚持到底。这么一来，或许早已和食物本身是甜是辣无关，说不定连酱油都不用蘸。可是，我总觉得因为是水饺，所以才吃得完。虽说包甜馅的生八桥(4)和水饺外形相似，但应该吃不下两百个吧。即便吃得下碗子荞麦面(5)，也吃不下碗子年糕红豆汤吧。"

"人确实比较没办法接受过多的糖分。"

"圆紫大师加了一匙糖，我加了两匙，一般人顶多加三匙吧？"

"是啊。"

圆紫大师大致明白了话题的发展方向，只是一味地出声应和。

"那三个人从马尾女孩开始加糖，啜饮了一两口，彼此低声聊了没两句，又争先恐后地添加第二轮砂糖。我不经意地看着，觉得很奇怪。她们都是各自加了一两匙，尝尝味道。然后，低声聊了一阵子，忽

---

(4) 以糕粉、砂糖、肉桂制成面皮，内包红豆泥等馅料蒸煮而成的日式糕点。

(5) 流传于岩手县的一口荞麦面。

然又……"

"加了第三次吧?"

"是的。令人无语的是,接下来是第四轮。加了那么多次,无论是再怎么嗜甜的人,都不会觉得好喝吧。这是一场奇怪的耐力赛。"

"说不定大量摄取糖分可以养颜美容,有没有这种说法?"圆紫大师好像在思考什么,串场似的说道。

"没有。"我一口断定,顿时闪过一个念头,我在美容院看过女性杂志,可能现在流行这种匪夷所思的美容法吧。不过,我去年看过一种说法——"用保鲜膜缠腰,腰部会变得很细",倒也可以接受。然而,在红茶里添加大量砂糖,怎么想都很奇怪。

"所以是砂糖大战吗?"

"是的,有什么原因必须抢着加糖?"

圆紫大师用汤匙搅动茶水。

"她们有搅拌吗?"

"倒也没有。可是,她们加了七八匙,应该很甜吧。马尾女孩好几次加到一半,就把砂糖放回去了。"

"你平时会加两匙吗?"

"是啊。"

"你嗜甜的朋友会加几匙呢?"

"不晓得,顶多三匙吧。"

"为什么要加七八匙呢?"圆紫大师看着我,以认真的语气问,"你认为呢?"

我轻轻摇头说:"一点头绪也没有。"

我试图找出合理的答案,就连刚才在聊麦克白的话题时,我也不断思考各种可能性。一群怕胖、不敢吃甜食的朋友,终于聚在一起,忍不住做出自暴自弃的行为。我是想过这么滑稽的原因,但始终想不出正确答案。

"圆紫大师呢?"

我试探地问道。原以为他会一脸困惑,没想到他淡淡地回答:"如果照道理来说……"

我的表情或许看起来像是在说"等一下"。我无比惊讶地问:"结论只有一个吗?"

圆紫大师点点头,悄声说:"她们三个……说不定真的是《麦克白》的女巫。"

9

圆紫大师一起身,看也不看那群女孩,便走向柜台找胡子老板攀谈,就像在闲话家常。老板一脸诧异,瞪大了眼,眼珠子转了一圈。这个老板长得浓眉大眼、五官深邃,很适合做出瞠目结舌的表情。

圆紫大师继续说下去,老板点了点头,神经质地拉了拉纯白衬衫的下摆。

"快，我们走吧。"

圆紫大师一回座，迅速拿起账单走人。

我固然有话想说，但我们俩就像是迷路小孩和带路人，我只能默默地跟着他离开。

"不好意思。"

"咦？"

"让您破费了。"

"哪里哪里。"

从巷子走到大马路，明明不到十公尺，嘈杂声轰然钻入耳膜。红绿灯一转绿，阴天下的车流像是打翻颜料盒的油彩般倾泻而出。

圆紫大师走到人行道角落，一个转身背对车流，视线投向刚才那条小巷。

"怎么了？"

圆紫大师听到我担心的语气，表情缓和地说："自然一点……自然一点，假装若无其事。"

他大概在自言自语，又像在对我说话，接着又说："我们装出要去哪里吃午饭的样子吧。"

"去哪里吃午饭好呢？"

"很好，很好。"

红茶店那扇门并没有打开。老板大概是从"ad lib"和隔壁店家之间的小巷子走过来的吧。身材高瘦的他，瞄了我们一眼，马上躲到旁边的自动贩卖机后面。

"刚才那群女孩要出来了,我说'那,今天就到这里',请你跟在马尾女孩后面。"

"跟在她后面?"

"跟踪。"

"去哪里?"

"不必跟太远。如果她上了电车,你就不用跟了。"

几个行人从眼前经过。圆紫大师讲话的速度变快了。

"如果她没上电车呢?"

"那就下午一点在那家店碰面。请尽快结束,不要迟到。"

在人行道上,我隔着一群年轻人,看到那三个女孩,她们从店里走了出来。

她们迈步朝这里走来的同时,我看到躲在自动贩卖机后面的胡子老板,他挥舞着长长的手臂。肯定是暗号。

"那是……?"

但是,圆紫大师没有回答我,反而一个转身眺望着代代木方向的天空,这是为了从女孩们身上别开视线。然后他说:"那个马尾女孩说不定会回到'ad lib'。"

我"咦"了一声,正想问清楚,但没有时间。

"双陆[6]的骰子丢出来的结果，说不定是'回到起点'。"

一辆车硬是切入车道，四周响起令人神经紧张的喇叭声，车流就此停顿，交通灯变了。

"那，今天就到这里。"

圆紫大师踩着轻盈的步伐，走向斑马线，不起眼的背影立刻没入人群，来来往往的行人仿佛被牧羊犬追赶的羊群。

留下一个十九岁的女孩，带着好奇心与些许不安，独自站在拥挤的人潮中。

10

但是，我不能杵着不动，因为那几个女孩正从我面前经过。

马尾女孩走在中间，我这才看到她的脸，顿时觉得好像在哪里见过。与其说她的鼻梁直挺，倒不如说是过高，嘴形很稚气。我马上想到她长得像谁。刚才圆紫大师说我像《无家可归的小孩》里的"蕾米"，那么，她就是童话故事里的"小木偶"。

但是，就算是"小木偶"，也不是迪士尼卡通人

---

[6] 一种传统二人桌上游戏，类似于升官图。

物的那种，反倒像少年小木偶。她长得很像我小时候看的故事书里的插图人物：圆锥形的细长鼻子，十分像人偶的"小木偶"。几年前，父亲的朋友去意大利时，带给我们的礼物就是这种木偶。

我与她们保持十公尺左右的距离，信步跟在她们身后。

令人在意的是我那裸露的肩膀。尚未染上夏日肤色的雪白肩膀，果然引人注目。

总觉得她会回过头来说："搞什么鬼，这人一直跟着我们。"然而，我似乎想太多了。

她们走入人潮，成为一群毫不起眼的行人。有说有笑，彼此勾肩搭背。看来，她们做梦也没想到有人在跟踪。

圆紫大师特别指示我跟踪马尾女孩。她们大概会一起行动吧。或者像圆紫大师暗示的，各走各的？

三个人就这样走进涩谷车站。涩谷车站有许多支线，错综复杂，有些支线好像在跟乘客开玩笑似的，不爬楼梯就没办法搭乘，那正是我早上搭的银座线。这时候，两个女孩留下马尾"小木偶"，三人于是挥手道别。

要是连"小木偶"都上了车，那我的"冒险"就算结束，这样太无趣了。我并不想赤手空拳与对方一较高下，不过对目前一对一的局面感到放心，也对于情况一如圆紫大师的预料发展，略感不可思议。

"小木偶"往前走，走到投币式置物柜区，伸手探了探牛仔裤口袋，掏出钥匙，从置物柜取出一个很大的黄色手提纸袋。

然后，她转身面向我的方向。

"这边啦，这边。"

一个年轻女孩的声音在我耳畔响起，然后一个低沉的男声"哦"地应了一声。对方似乎不知道置物柜的地点，在站内找了一阵子。我靠在柱子上，这两人从我面前经过。

我与"小木偶"的目光撞个正着，吓了一跳，连忙将视线转向走道方向。刹那间，眼神转向这边的"小木偶"似乎正在观看我身后柱子上的大型海报，她快步朝我这边走来。在"ad lib"时，她一直背对着我，我应该不用那么紧张吧。

然后，她随着人潮走了一阵子，倏地转进厕所。

我站在稍远处，从皮包里拿出《布瓦尔和佩库歇》的文库本，目光有一半停留在铅字上，当然没在看。我在等那个牛仔裤女孩出来。

不知从哪里传来小孩哭声和母亲斥责声。

过了几分钟，厕所里走出一名身穿淡粉红色套装的女孩。我直接把目光移到书本上，内心却一阵惊呼。她手上提着那个黄色大纸袋。

我努力维持现有的表情和动作，斜眼偷看。

是"小木偶"。

（可是，她为什么要换衣服？）

我如此自问。"小木偶"转动脖子，头发在肩上轻轻摆动。她把马尾放下来，像在确认发型似的，右手绕到脖子后面，压了头发两三下。

接着，她咧嘴一笑。

11

（我看到了不舒服的事物。）

我这么想。

去年春天，有人卧轨自杀，被我搭乘的那班电车碾毙。事发地点在即将抵达下一站、看得到类似住宅区的方形建筑物并列在一起的地方。电车紧急刹车，不久传来了广播："前方有事故发生，请各位乘客稍候。""怎么了？""好像是卧轨自杀。"四周发出这种应答，有人把头探出窗外，好像看得到远方的死者模样。或许是铁路员工从车站赶过来，还能听到有人踩着碎石从车厢旁跑过的脚步声。我在车厢正中央，合上看到一半的书，低下头。当时，在前面几个座位处，有个男童激动地高喊："我要看！"

我不由得气愤地抬起头，男童满脸通红地抗议母亲的制止。母亲将他拉过来，在他耳边低声讲了什么，男童一个躬身，气得跺脚。

"我要看尸体!"

看在我眼中,那表情简直像魔鬼。在我心中,也浮现一张隐约可见的鬼脸。

"走啦走啦,快点!"

岂可错失良机?!那孩子气得用力跺脚。他的表情深深烙印在我脑海中,挥之不去。"小木偶"的笑容与那孩子的表情重叠了。人类最像动物的表情,就是令人绝望的笑。

她得意扬扬地走向出口。当她逆向穿过同一批人潮,我猜她正朝"ad lib"走去时,顿时愣住了。

我看着她爬上宫益坂,粉红色套装的身影确确实实在同一个街角转弯之后,我跑步追上她,却看不见她的身影。我看了手表一眼,然后无意识地抬起头。夹在建筑物之间的灰色天空飘着乌云,还不到下午一点。

(要进去吗?还是在这里等?)

既然圆紫大师说在"ad lib"会合,当然在里面等也行。然而,进去与那个古怪的小木偶女孩共处一室长达二三十分钟,对我而言是一种折磨。

我就这样怀着摇摆不定的心情,慢慢往护栏的方向后退,快要走到护栏时,一名男子从涩谷车站的方向跑过来。对方看到我,便以抛物线角度放慢步调,打算在我面前停下来。

他身上的衬衫是没有品位的绿,上面还有硕大的图案，好像是游艇和椰子，裤子居然是紫色的，脸上戴着一副深色太阳眼镜。

男子发出响亮的弹指声，做了一个溜冰的结束动作，两只脚先停在我面前。然后，以耳熟的声音说："怎么样？回到起点了吗？"

我因为放下心来而轻声低呼，旋即下意识地作势出拳揍人。

12

男子一摘下太阳眼镜，露出了圆紫大师那双和蔼可亲的眼睛。

"这局双陆，这下子三颗棋子都回到了起点。"

圆紫大师往"ad lib"的方向瞄了一眼。我点点头，说："什么时候才会抵达终点？"

"这里就是终点。"

圆紫大师将太阳眼镜收进胸前口袋。

"这局双陆，起点就是终点。"

然后，他看着衬衫上的图案，面露苦笑。

"真可怕。"

我看着桃红色、橘色和黄色画成的游艇掀起大片蓝色水花，叹了一口气。

"很抢眼吧？"

"您这身打扮是怎么回事?"

"我刚才不是说,紫明天会在前面的表演厅举行表演吗?"

"嗯。"

"今天那个表演厅有一场年轻人的表演。从傍晚开始,他们已经来准备了。我去那里借衣服,他们说'师父,请穿这个',便欣然借给我。听说这件衣服是表演中场休息后的短剧用的。"

"哦。"

"她的换装怎么样?"

我瞠目结舌:"您看到了吗?"

"哎呀,我只是觉得她可能会那么做。"

"为什么?为什么你们要换衣服?"

"我换的是戏服,接下来想演一出戏。换上跟刚才不同的衣服,比较容易演另一个角色,对吧?不过,说不定变装变得太过度了。"

圆紫大师说完,指着"ad lib"说:"总之,我想吓吓她。"

"我已经吓到啦。"

"真抱歉!"

"她为什么要换装?"

"解释这个得花一些时间,别让她等太久吧。"

圆紫大师以眼神催促:走吧。

走到离"ad lib"大门几十步远的距离,圆紫大师说:"你联想到《麦克白》是一大暗示。女巫一开始登场时,会说一句有名的台词,对吧?这句话揭示世上的混沌、善恶混乱,'白即是黑——'"

"黑即是白——"

"对对对。"

"逆转价值观?您的意思是反过来看事情,是吗?"

"是的。"

我在口中复诵。

"——白即是黑,黑即是白。"

女巫在轰然巨响的雷声中现身。这是《麦克白》开场的第一幕。

这个幻想仅持续了几秒。圆紫大师停下脚步,我赫然惊觉,仿佛突然站在"ad lib"那扇沉重的大门前。

13

不知不觉,圆紫大师又戴上了太阳眼镜。除此之外,他刚才说要演戏,此刻果然好像变了一个人似的,让另一种人格上身了。

一开门,店内坐着五六桌客人,男女沉醉于各自的谈话中。小木偶坐在离刚才那桌有两桌距离的位子，果然还是背对着柜台而坐，刚才进行"砂糖大战"的桌位空着。

圆紫大师微低着头，好像有点驼背。所以，实际上身高应该变矮了。然而，在我眼里，圆紫大师的背影在一瞬间忽然变得巨大，而那件衬衫上的滑稽图案，也像是异常荒凉的景象。

圆紫大师缓慢地走向"小木偶"。

两个正在用肉桂棒搅拌红茶的女孩，停下了动作。圆紫大师从她们身旁经过。

我变成了圆紫大师的影子，跟在他身后。

"小木偶"看了这边一眼，诧异地皱眉。然后，好像察觉到圆紫大师正朝她走来。一股莫名的恐惧，令她嘟起了嘴巴。

"小姐——"

声音低沉。圆紫大师平常讲话的声音偏高，现在的音调感觉好像今天的阴沉天气。

"玩的时候……"

圆紫大师边说边走到她身旁坐下，好像一只降落的乌鸦。"小木偶"当然想开口，不过并没有说话。圆紫大师看向那个问题糖罐，又迅速移回视线，凝视着她的眼睛。

我伫立在他身后两三步之处，只看得到圆紫大师的脖子轻微转动，看不见他那太阳眼镜底下的眼睛。然而，我还是可以感受到他那充满压迫感的视线。仿佛师父在台上以扇子当作刀柄，观众的视线随之移至扇子，而那里忽然出现一把刀锋凌厉的利刀般。

"用自己的玩具——"

这句话平淡无奇，但是那种语气我学不来。若以直觉比喻，那简直是从十八层地狱传上来的声音。

我看过人们脸红的模样。不过，"小木偶"的脸色唰地发白，她与圆紫大师就这样对视了一阵子。准确来说，是圆紫大师盯着"小木偶"，而她无法逃离他的视线。

不久，圆紫大师缓缓点头。

"小木偶"跟着点了点头，像只喝水的鸟，重复同一个动作。我以为她会哭出来。这个动作持续了几次，圆紫大师别开视线，让她从束缚中解脱。

我放心地叹了一口气。

"离开之前记得付钱哦。"

圆紫大师淡淡地说道，然后靠在椅背上。"小木偶"立刻从椅子上起身，好像一只挣脱蜘蛛网的蜻蜓，抓起账单，习惯性地边回头边往前走，然后又慌张地跑回来拿纸袋。

圆紫大师并没有看她。

14

我们压低声音交谈,但是在旁观者眼里,当然会觉得我们的对话很奇怪。离我们最近的一群女孩佯装什么也没听见,只想找机会离座,意图十分明显。

但是,"小木偶"一走出店外,气氛顿时一变。圆紫大师摘下太阳眼镜开口说话,那声音与刚才有天壤之别。

"喂,我们去那边吧。"他指着"砂糖大战"的座位。

这个声音响彻米白色的室内,光是这样气氛就变得轻松了许多。

"哎呀呀。"

圆紫大师把太阳眼镜放在桌上,调皮地笑了,然后双手并用,灵巧地解开那件像毒草花园的衬衫纽扣。

"欸!"

敞开的领口露出了刚才那件朴素衬衫。

"您穿两件啊?"

"嗯,因为那件戏服很宽松,我也不想一直穿那种衣服啊。"

"我却穿这么少。"我摩擦着肩膀,心想,你好歹也说句"不,你穿那样很可爱"嘛!

圆紫大师说:"借你穿吧?"

他递出一团鲜艳的衣物,我忍不住笑了出来,然后伸出手。

"要穿吗?"

"我把它折好。"

"啊,真是不好意思。"

圆紫大师顺从地递给我。

我接下那件戏服,心想,前座[7]应该折得比我好吧。唉,算了。我转念一想,开始折衣服时,老板亲自端水杯过来。

"谢谢您。"

圆紫大师应了一句"不客气",指着糖罐说:"怎么样?"

"一如您所说的。嗯,除此之外……"老板激动地说,"好久没看到这么精湛的演技了,演技的力量真可怕。"

"这下子那个女孩不会再上门了吧。对了对了,我的灵感来源是《麦克白》。"

"啊,原来如此。"

我猜也是。那种骇人的荒凉与孤独,正是失意的麦克白。这或许是圆紫大师的免费表演,而观众则是提到《麦克白》的我和当过演员的老板。

店内的客人原本处于神经紧绷状态,听到这种爽朗的对话,似乎认为刚才是无伤大雅的余兴节目。我

---

[7] 日本落语家的等级从高至低依次为"真打""二目""前座"。"前座"皆为暖场的入门弟子。

甚至听见有人窃窃私语:"是圆紫哦。"

"听说您当过演员?"

我一问,老板害羞地说:"哎呀,那是好久以前的事,都已经是二十多年前了。"

胡子老板露出了微笑。

"您要不要坐下来?"

老板一脸亲切地摇摇头:"打烊之前,我不会坐在客人的座位的。"

老板的作风干脆,令人心生好感。

"其实您比较喜欢红茶吧?"

"是的。嗯,这是因为我在学生时代,前任老板在这里开咖啡店,他泡的红茶很好喝。"

老板动了动嘴唇,仿佛舌尖忆起了当时的红茶滋味。

"我每次点红茶,总觉得茶变得更好喝了,很不可思议。我说:'叔叔,这茶真好喝。'叔叔问:'不会涩吗?'"

老板的语气豪迈。

"我回答:'不会啊,而且很香醇。'叔叔说:'小朋友,你真识货,这才是红茶的真正味道。'然后,他教我如何品茶,一开始给我喝初学者喝的淡茶,但我喜欢这种茶,于是他渐渐改泡真正的红茶。"

"所以您迷上了红茶。"

"倒也不是因为这样,好像还有另一个原因。我从学生时代开始演戏，沉迷其中好一阵子。我自以为改掉了乡音，但是每到重头戏时刻，讲着讲着总会突然冒出地方腔调，我心急如焚。这时候，叔叔说：'我老了，店要关了。'他的决定对于东京或日本而言，都是一项损失。"

"没错。"

"谢谢！幸好，我家的经济状况还不差，我向家人再三央求，硬是买下了这家店。嗯，我心里打着另一个如意算盘——到东京工作就能尽情欣赏喜爱的戏剧。一开始我也卖咖啡，但自从专卖红茶之后，书刊和杂志纷纷报道，这家店能够一直经营下去都要归功于他们。"

店门打开，五名客人走了进来。老板向我们说了声"抱歉"，马上回到柜台。

"快说吧。"

我把衬衫折好，还给圆紫大师，拍了拍手。

"说什么？"

"当然是这个啊。"

我抚摸糖罐的盖子。

"噢，是啊。"

圆紫大师说。

"为什么展开了砂糖大战呢？"

"嗯！"

"为什么加了七八匙糖，把茶弄得那么甜呢？"

"嗯,嗯。"

"其实这个问题本身就没什么意义吧。"

15

我微微张口。圆紫大师接着说:"我问:'她们加糖有搅拌吗?'你回答:'倒也没有。'如果没有搅拌,应该是不想让红茶变甜,她们的目的不是增加甜度。你之所以这么认为,是因为我提起《倔强灸》,说到忍耐着吃下辛辣食物的故事。"

工读生送红茶过来。这么说来,我们光顾着讲话,都没有点餐。我一看老板,他以手势示意"请用"。或许因为话题内容涉及砂糖,感觉嘴里的甜度好像提高了,我只加了一匙糖,圆紫大师没加。

"我们梳理一下吧。她们把糖加入茶水里,这就是她们的目的。她们加了糖,但为了喝茶并没有搅拌。假如加了七八匙,完全不搅拌的话,应该还能喝吧。"

圆紫大师这么一说,津津有味地啜饮着红茶。

"加糖到底为了什么?"

我也边说边拿起茶杯。

"好看!"

我不禁拉高分贝。具有透明感的茶水闪耀着琥珀色光泽，着实很美。我浅尝一口，坦白说有点涩。老板大概是泡出了红茶的真正味道。

这时，圆紫大师像是在念咒语似的说："白即是黑，黑即是白。"

涩即美味，我在心中低喃，内心变得踏实，因为圆紫大师听见了我的心声。

"加糖。与'加进去'相反的是什么？"

"拿出来……"

"如果这么想，为了从糖罐里拿出砂糖，所以把糖倒进杯子里呢？"

我畏畏缩缩地问："为什么？"

"与'拿出来'相反的呢？"

"加进去。"

"拿出来是不是为了加进去呢？你确认过了吧？"

"确认过什么？"

"最初上门的客人所使用的糖罐，装满了表面平整的砂糖。如果不拿出来，什么都加不进去。"

我"啊"地惊呼一声。仿佛从远处观看一盘象棋"车"大显身手的棋局，眼花缭乱。

"可是，加……加进什么？"

圆紫大师的表情好像一个聪明的哥哥听到妹妹说出了谜底。

"关于这个，你自己不也说了。"

16

圆紫大师说,这么一来,就不得不提到那个。

"如果她们是在糖罐里加'料',那就成了恶劣性质的恶作剧。这对餐饮业而言,等于妨碍店家做生意,也是最恶劣的行为。落语中有个《吃石吧》[8]的搞笑报复段子,但是她们的行为一点也不好笑。对于这家店而言,她们就是《麦克白》的女巫。是什么原因让这些女孩子对店家怀恨在心?难道她们和这家店有仇?不过看起来又不像。"

这种思考逻辑不难想象。

"你说,一个人面向柜台,另一个人也不时观察柜台情形,这两个人就算被看到长相也无所谓。相较之下,你说那个马尾女孩一次也没回头。这么一来,她就是主犯。所以我认为那两人在帮她,负责把风和遮挡视线。"

"我也这么认为。"

"那女孩在怨恨什么?嗯,依照世俗的说法,可能是感情问题,这老板的个性一板一眼,对工作要求似乎很严格,店里的工读生是一个女生,对比这两件事,自然会得到一个想法。"

"哦——"我惊呼一声,"您离开时,问过老板了吧?"

---

[8] 主角松公到武士宅第卖乌龙面被赖账,于是松公第二次改卖年糕红豆汤,并以石头代替年糕。

圆紫大师点点头："我问老板：'坐在靠墙那桌的几个女孩正在恶作剧，您最近有骂过女服务生，把人家开除吗？'这只是假设，没想到被我猜中了。于是，我请老板等她们离开时，替我看清楚那个马尾女孩的长相。"

"所以，老板出现时，你说：'她们三个出来了。'"

"是的，因为她们三个来了，看到了老板。"

老板两手空空又走过来，他发现我们在讲"小木偶"的事，第一句话就说："这女孩很过分吧。"

老板破口大骂。我缩起身子，都是同年纪的女孩，总觉得是自己在挨骂。

"之前那个工读生因为亲人过世，所以辞掉了工作，我从那天起就因为人手不足伤脑筋。但是对方的亲人遭遇不幸，我又不能强留，只好简单地以马克笔在厚纸板上写'诚征工读生'，贴在店门口招人。不久就录用了那个女孩。面试时，感觉她很正常，于是请她第二天过来上班。"

老板"唉"地叹了一口气，似乎相当头痛。

"一开始营业，她马上端茶招呼客人，没想到却粗鲁地'砰'的一声把茶杯搁在桌上。我提醒了她一下，我说得很委婉，但她一脸不悦、沉默不语。中午过后，我发现发票整理得很随便，明明前两天告诉过她了。她不是粗心大意，而是嫌麻烦，不肯好好做。我说：'你知不知道做这种生意，发票有多重要？'

话都还没说完,她就回嘴说:'钱我都算清楚了。'我说:'问题不在那里。'她装作没听见。我心想,等今天打烊以后,就请她走人,再待下去只会让人心烦。但还是没说出口。后来有客人点柠檬茶,我把杯子交给她,正好柠檬片用完了,而我正要忙别的事,稍微移开了一下目光。结果,她居然拎起厨余里的柠檬片,快速用水冲了一下。"

我皱眉,大概露出了咬到酸柠檬的表情吧。

"我听到水流声,移回视线就看到那一幕,下意识大喊了一声:'你在干什么?'她还瞪了我一眼说:'少跟老娘摆架子!'我一时愣住了,然后火气就上来了。尽管如此,我还是耐着性子告诉她:'生意人应该用心关注产品,对产品投入感情。'听我这么一说,她冷冷地哼了一声,看着杯子说:'对这种东西?少犯蠢了。'"

我们顿时陷入沉默,宛如一阵风吹过。我觉得老板太可怜了。

"其实,我在业界也算小有名气,所以才会小心翼翼,就连这胡子……"老板轻轻抓着自己的胡子。

"是所谓青春的纪念。我最后登场的一场舞台表演,是迪伦马特[9]的《罗慕路斯大帝》,你们知道吗?"

---

(9) 弗里德里希·迪伦马特(1921—1990),瑞士剧作家、小说家。

可惜我不知道。圆紫大师回答："我读过两本迪伦马特的小说，不过很遗憾，《罗慕路斯大帝》这本我没看过。"

尽管如此，光是能和知道迪伦马特的人聊天，老板就很开心。

"我在那出戏里饰演罗马的骑兵队队长，这是当时的胡子造型。餐饮业首要注重清洁，从业者最好不要蓄胡子，但是我犹豫不决，最后还是狠不下心剃掉。相对地，我对修剪胡子几乎到了吹毛求疵的地步。我很注重这些小细节，所以那个女孩的态度真是令我遗憾。我们吵到最后，我付钱请她离开了。"

正好讲到这里，客人又上门了，老板离去。

我立刻问圆紫大师："为什么您认为她会回来？"

"我觉得这是人之常情。女孩做了这种事，大概很想看看客人大发雷霆、女服务生惊惶失措、老板拼命低头道歉的模样。同时，我觉得她一开始穿暗色服装，也是为了替这次变装预先埋下伏笔。"

我内心再度升起一股不悦。原来"小木偶"在车站的笑容还有这层含意。我摇摇头，想转换心情。

"回到刚才的话题，加进了什么？您说我自己也说了，这是什么意思？"

"是啊。真相往往平淡无奇。"圆紫大师歉然地说道，"就算你没说，从把东西加进糖罐这个动作就已经知道答案了。我问你，你提过'马尾女孩好几次加到一半，就把糖放回去'，对吧？"

"是的。"

"假设在红茶里加糖不是为了调味，而是为了把砂糖从糖罐里舀出来，应该不会做出这种怪异的举动吧？"

我沉默不语。

"我刚才绕了一大圈，总之马尾女孩是主犯。这么一来，她并不是把砂糖舀出来再放回去。只要想成她是将砂糖舀出来，然后放进什么东西就对了吧。"

"那，她的行为是……"

不是回去，而是往前。这也是"反过来看"的意思吗？

"我们从头梳理一遍吧。三个女孩进来坐下，马尾女孩避开了老板的视线。茶送来之后，她八成想把小塑料袋或瓶子里的东西加进糖罐。但是打开糖罐一看，却是盛满的状态。她之前打工的那半天，大概也没注意到这种细节吧。"

圆紫大师耸了耸肩。

"如果带来的东西和糖罐里的砂糖能够轻易交换就好了。但是，实际操作得先把砂糖挖出来放在某处，然后把带来的东西加进糖罐，再把砂糖移到自备的容器里。这么大费周章，无论如何都会被怀疑吧。这样的话，干脆偷偷用纸巾包起来。不不不，比起这一招，还有最自然又简单的方法——既然是砂糖，加进红茶里不就得了。"

圆紫大师说完，看了我一眼。

"做到这种地步，大概还是会有人起疑吧？"我面露苦笑。

"于是，当糖罐腾出一定的空间时，她们开始用汤匙把带来的东西加到糖罐里。"

"最平淡无奇的事物，是吗？"

"对，你看到她把好几匙糖放回糖罐，所以那东西的颜色、形状和分量其实与砂糖一样。若是泻药粉，分量也未免太多了。既然她会跑回来看，表示那东西一喝下去马上会有反应。"

我以说唱般的语调说："甜即是咸，咸即是甜。"

"对。"圆紫大师微笑地应道，"是盐呀！"

胡桃中的小鸟

1

旅程的起点,始于踏出家门的第一步。

若是如此,这次旅行的第一个感触,就是看到了掉落在家门前的六月菊花瓣。小巧的淡紫色花瓣,在拂晓时分的微光中,稍一不注意就会忽略它的存在。一片花瓣只有小指指甲那么大,无茎无叶,就这么零星散落在柏油路面上。

据说,六月菊又叫东菊。有人将它种在庭院里,花朵越过丝柏的籓篱在路边绽放。原本的花期是从春季至初夏,今年却一直延续到七月。即使到了八月,它仍然不时以淡紫色的身影点缀风景。

母亲听外婆说,六月菊是菅原道真[1]被流放至筑紫[2]时替它取的名字。当时,他说:"看到这种小花,

---

(1) 菅原道真(845—903年),日本平安时代的学者、诗人、政治家。
(2) 日本九州的旧称。

让人暂时忘却对京都的思念之情。"

（谁在今天早上摘下这花，边走边拔花瓣呢？）

我的视力还不错，提着大旅行袋，挺直腰杆注视着地上的花瓣。小小花瓣被拔得七零八落，形状好像鸟的羽毛。不过，这是多么令人怜惜的羽毛啊。

我吸了一口早晨的清新空气，边走边在脑海中描绘禁不起一握的淡紫色小鸟。在我的想象中，小鸟瑟瑟发抖，好像弦乐渐弱的旋律，越缩越小。

于是，终于缩进了纹路复杂的胡桃壳中，即便如此，仍旧拼命拍动孱弱的翅膀。

（是谁拔掉了这只小鸟的羽毛？）

我知道自己为何会有这种想象。

昨天晚上，我和这次的游伴高冈正子通电话。她的名字写作正子[3]，读作"shouko"。当然，初次见面的人似乎不会那么念。她说，遇到难念的名字，一般人会谨慎询问读法。真正令人头痛的，反而是这种容易念错的普通名字。

"难道不是吗？"她说，"如果有人的名字写作太郎，念成理查，我就服了他。"

于是，她强调自己的名字读作"小正"。我们自然也叫她小正。

小正生性不按牌理出牌，浑身散发出一股莫名牵

---

[3] "正子"的日语发音有两种，音读念成"shouko"，训读念成"masako"，一般人较常以训读发音。

动人心的力量。我们俩住在关东,聊到今年夏天要去南方还是北方。于是,我提起了圆紫大师在藏王的表演会,试探性地问道:"不知道东北那边好不好玩?"小正自作主张地说:"好,就这么决定吧。听完落语以后,我们去花卷[4]吧。还有,我没看过金色堂[5],所以也要去一趟中尊寺。等等,票有三张吧?江美她家离藏王很近,找她一起去听吧。然后叫她当地陪,带我们参观那一带。欸,我居然想到那么远了。"接着,她指派我为旅行团副团长兼企划人。

我打电话给小正,是为了说明这个计划及确认新干线时刻表。讲完以后,小正又说"我们要小心,可别出意外",她提到在美国佛罗里达州发生的一起意外。她说,有一名四岁女童被鳄鱼拖进河里咬死了。

我不知道会不会发生什么事。命运这种玩意儿,有时候非常残酷。

我立刻想到,前一阵子电视新闻连日报道那些被母亲遗弃的孩子,其中有一名三岁女童,遭到胞兄与其朋友杀害。

这种事完全无法诉诸言语,只能在心里这么想,真是令人痛心。

(残酷命运中的弱势者。)

---

(4) 日本岩手县中西部的城市,有花卷温泉区。
(5) 金色堂位于岩手县西磐井郡平泉町的中尊寺,是藤原时代建筑的代表作。整座建筑物覆满金箔,梁柱镶嵌螺钿,俗称光堂。

我钻进被窝,开始思考这件事。早上,这件事令我联想到,比指尖还小的小鸟喘着气勉强飞翔的画面。

比喻或抽象是一种接近现实的表现手法,同时也是远离现实的方式。在想到现实的苦痛时,非得那么思考不可。

把六月菊的花瓣看成鸟的羽毛,充其量只是出自读书人之口、遭世人唾弃的漂亮话罢了。而这也显示我是不知人间疾苦、未经世事的温室花朵。

然而,淡紫色小鸟在我脑海中仍旧持续飞了好一阵子。

2

小正和我并没有被鳄鱼攻击,我们顺利地进行旅程。

在平泉参观金色堂,在严美溪品尝糯米团子,再前往花卷。在绵绵细雨中,缅怀宫泽贤治与高村光太郎[6],然后夜宿花卷温泉区。翌晨,我们搭出租车至新花卷。前一天还四处游览,边走边玩,并没有意识到前往温泉区的距离,总觉得从旅馆一下子就到车站

---

[6] 花卷是宫泽贤治的故乡,而高村光太郎曾在花卷居住过七年。——编者注

了，其实路途遥远，查看地图才发现足足超过一站的距离。

我们终于抛下出租车，走进车站。

"幸好没看新干线的班次时间，提早十五分钟出门。"

"如果那么做，从旅馆到车站的时间也要一并问清楚吧？"

小正气定神闲地喝着罐装牛奶。原来如此，说得也是。虽然是漫无计划，但偶然也顺利，我们几乎没等多久，便搭上了上行的列车。

"我担心会变天。"

"反正要泡温泉，没关系啦。"

"就怕还没到温泉区就下雨啊。"

"船到桥头自然直。"小正爽朗地说道。

到了八月，总算有点夏天的感觉了。不过，这两三天的天气不好，几乎让人忘了蓝天的模样。

姑且不论天气，我们差不多在中午抵达了白石藏王，于是走到车站前那个宽敞的公交车站看时刻表。

"啊，慢了一步。"

"怎么了？"

"上一班公交车刚走。"

前往藏王山山顶的公交车发车时间竟然在三四分钟前。

"下一班还要几分钟？"

对于小正的发问，我叹了一口气："还要一个多小时。"

我转过头，马上搜寻四周可用来打发时间的咖啡店或书店。一回过神来，发现原本盯着解说板的小正跑到隔壁的出租车招呼站。

"喂，等一下。"

"怎么啦，快点过来。"小正若无其事地说道。

我连忙叫道："不行不行，你以为搭出租车要多少钱？"

"笨蛋，不是搭出租车去山上啦，是要追公交车。"

原来如此，我心里这么想，但还是担心能不能赶上。要我当机立断是件很困难的事，若是"行动"和"不行动"这两种选项摆在眼前，我会选择后者。

记得小学五六年级时，在某个蝉鸣嗡嗡的夏日，我坐在公园的长椅上，忽然觉得左膝好痒，猛一看有只牛虻在我腿上。我吓了一跳，到现在都还记得当时穿的是橘色裙子。于是，我针对以下的选项思考了一下。

A：猛力用手拔掉。

B：静止不动。

在思考的这段时间，牛虻一副我的脚归它所有的模样，忙不迭地在我的膝盖和小腿之间爬来爬去。结果，我效仿《伊索寓言》中被熊袭击的旅人，采用了B。因为，我认为牛虻大概不会攻击什么也没做的可爱少女。经过了神经紧绷的一分钟,牛虻振翅飞走,临走之际,还叮了我一下。

再也不相信牛虻了!我怒气冲冲地回家,皱眉涂药。

如果换作小正,岂止选A,应该会一巴掌打下去吧。

"到白'司'车站。"她一上车,劈头就说。

"是'白石'啦。"我悄声损了她一句,"小'赠'。"

小正露出"你给我小心点"的表情。

"要去白石吗?"

我一问,小正说:"是啊,站牌上不是有写经过白石车站吗?"

"如果是车站,说不定会停久一点。"

"总之,公交车确实会比出租车多出乘客上下车的时间,就算白石车站赶不上,我们也会在半路追到,情况只会好转,不会变坏啦。"

她说得对。就算行不通,也不必站在公交车站前,不知如何打发时间。

我的视线死盯着前方,在有生以来首次造访的白石车站前的回转道,看到了那辆即将驶离的公交车。

"那辆那辆,请你超过前面那辆公交车,然后在车站停车!"

小正向司机坚决地说道。我则补充:"我们错过了那班车。"

"哦,好,看我的。"

小个子的司机士气大振,好像遇到了难得一见的乘客。出租车在公交车站前兜一个圈,便驶离了白石车站,在下一站超越公交车,并在下下一站停车。

"谢谢您,不好意思了。"我们齐声向司机道谢。

"真好玩。"司机好像也很满足。

"小正,小正,总觉得司机好兴奋哦。"

我们一上公交车,就在后座并排坐下,我征求小正的同意。

"是啊。你一说没赶上公交车,司机先生就燃起了斗志。"

"多亏司机先生,我们也搭上公交车了。"

"你还真唠叨。"

我们俩笑了出来。不过话说回来,要是没搭出租车追上公交车,我们现在应该还在白石藏王的车站晃来晃去。此刻,我们坐在先发车的公交车上,有一种跨越时空的不可思议感,我脱口而出:"好戏剧化。"

"出外旅行——"小正一脸正经八百地说,"如果没什么突发状况,那就不好玩了。"

3

过了市区,公交车上剩下的都是观光客。

"今天天气不甚理想——"司机拿起麦克风,"根据山顶发来的消息，山上是晴天。"

好啊！车上欢声四起。

"真的假的？"我低喃道。笼罩着公交车的雾越来越浓，四周越来越暗。

"因为我们会抵达云层上面。"

小正一说，广播正好接着她的话说："——山顶是夏天。"

然而，到途中的远刈田温泉时，下起了毛毛雨。一对年轻男女相依相偎一起下山。这情景如果换作平常，我并不会特别在意，但他们是一对超级俊男美女，我不由得觉得自己形单影只。嗯，无所谓，就算一个人也没什么不好。

"这浓雾真扫兴——"

公交车停了下来。据说这里是高山植物女王"驹草"的群生地。司机亲切地为大家解说。

"不好意思，这种天气。"

仿佛天气不好是司机的责任，对我们很过意不去。他敏捷地下车，一张国字脸红通通的。

我将御寒用的淡紫色毛衣披在白衬衫上，跟在司机身后。小正仍旧穿着那身水蓝色衬衫。

这边的天气稳定，不再下雨。然而，细细的水雾穿梭在十几个人之间，大到清晰可见，我身上的毛衣马上湿了。

我们宛如一群小学生，在看似牧场的栅栏间列队行走，栅栏那边则是受保护的驹草，队伍前方的人变成了白影。

"是不是那个啊？"

"哎呀，没开花。"

我们前面有一对老夫妇正在大声交谈。小正身上的水蓝色衬衫在一片白色风景中显得特别鲜艳。

灰心丧志的横光利一[7]是我最喜欢的作家，或许是喜欢他遭遇的挫折。每当起雾，我总会想起他的《寝园》。轻井泽的茫茫大雾，以及喜欢雾的蓝子。她不断地说着：枉费我爱你、我爱你，我是如此爱你……

"噢，那里——"

司机在前面嚷着，并指向右边。我们从遍布石块的山路走到那里，一群人将视线集中在靠近栅栏的中央处。在乳白色的背景下，一朵朵淡粉色的花在矮茎顶端绽放，犹如搽脂抹粉的小矮人。

4

公交车一驶近山顶，浓雾化为带状向后流动。不久，天空落下几道明亮的光线，转眼间，四周变成了

---

[7] 横光利一（1898—1947），日本小说家，师事菊池宽，是新感觉派的中坚人物。

另一个世界。

"哇!"

好像突然从黄昏变成了中午,或许是心理作用,公交车沉重的引擎声听起来也轻快多了。

"太棒了!"

靠窗而坐的小正听到我这么说,默默地点头。她那张眉峰锐利、颇具男孩气的脸仿佛沐浴在聚光灯下。

公交车驶进山顶一处宽敞的停车场。

"山上是夏天。"司机说得没错,这里的天气晴朗得令人不敢相信。不过,与其说是夏天,不如说比较像是万里无云、令人通体舒畅的晴天,有一种跳过夏天迎接秋天的感觉。

我下了车,马上小跑到停车场边缘。

我曾经在照片上看过云海,但这是头一次亲眼见到。几座山像被蓝墨渲染过,露出了山头。除此之外,迤逦至远方的都是洁白的云。从下往上看带灰甚至黑的云,一旦从上往下看,竟是如此纯真洁白。相较于头顶上的晴天,巨大的白云底下肯定是乌云蔽日,到处下雨,一想到这点,就感到不可思议。

我对身旁的小正说:"小正。"

"怎么啦?"

"你会从这片云联想到什么?"

"简直就是罗夏墨迹测验[8]嘛。"

小正取下肩包放在地上,将手搭在栏杆上。

"云就是云啊。无论形状或什么,如果变化这么多……"

"我想到的是……"

"嗯。"

"——洗衣机。"

"什么?"

"洗衣机啊。喏,放入洗衣液,打开开关,衣服洗好后停下来的时刻。"

"什么嘛,原来是泡泡啊。"

"对。"

"我觉得自己忽然被拉回了现实。"

"可是,这样看很像吧!"

"嗯。"

两个女生就这样,望着占据视野的云海好一阵子。不久,小正嘀咕了一句:"——超级巨大洗衣机。"

5

我们走进位于休息站二楼的餐厅,点了关东煮套

---

[8] 一种投射测验,要求受测者对十张有墨渍的卡片进行解释,心理学家再根据标准程序判断受试者的人格和状态。

餐。这里采用自助式，我们将餐券交给店员，从后面走过来的小学生插队递出餐券，也不按照顺序等候，就站在原地。

"喂——"

小正低吼了一声，表情骇人地瞪了抬头的小学生一眼。

我们就座之后，我扑哧笑道："你刚才的反应好好笑。"

"一点都不好笑，再说，我讨厌小孩。"

"真的？"

"嗯，每次看到他们边走边吵闹，我就会陷入一阵焦躁。"

"是哦。"

我将竹轮蘸辣椒酱放入口中，想到曾经和圆紫大师及加茂老师一起吃过关东煮。圆紫大师的女儿正在做什么？

用餐完毕，我们到商店买了当地特产芝士蛋糕，品尝了咖啡牛奶。爱上云海的我，这才买了拍立得相机。走出休息站，我将镜头对准小正拍了一张，反手朝着自己拍了一张，然后走向栏杆，将方形相机对准云海时，刚回休息站的小正又走出来，拉了拉我的袖子。

"镜头会晃到的呀，怎么啦？"

"我们还是走吧。"

我哑然失声："火山湖还没看，就在前面不远的地方。"

"明天和江美一起来就好了嘛，不然没什么乐趣。"

庄司江美住在藏王西边的上山。生性豁达的她，是个体态健美、脸颊丰腴的女孩，她放暑假就回了老家，我们打电话过去，她开心地应道："来我家住，我等你们。"

幸运的是，用一份伴手礼就能换到第三晚的住宿。问题是第二晚还没着落。圆紫大师的表演会从下午六点半开始，既然来到温泉区，当然会在藏王温泉过夜。我们极力邀江美一起，但她一开始就表现得兴趣缺缺。

"我已经腻了。"

"滑雪？"

"春夏秋冬，每年夏天都在藏王集训。"

"什么集训？"

"管乐团。我初中和高中都吹黑管。"

虽说是在山上，但特地花钱跑去邻镇住宿实在索然无味，我十分了解这种心情。

"你就当作是参加同乐会嘛。不然你来住一晚，我们请你泡温泉。"

"我没办法那么厚脸皮。"江美说完，发出咧嘴一笑的声音，"你们带啤酒过来好了。"

140

这家伙爱喝两杯。

"那你要来吗?"

"嗯。"

我顺便提出自私的要求,请江美带我们参观附近名胜,她滔滔不绝地说:"斋藤茂吉纪念馆吧?里面很不错啊,不过从门口的天桥俯瞰底下的奥羽本线,气氛也很棒哦。还有啊,上山的车站前有家好吃的蛋糕店……"

她的好意我心领了,但她未免太过亢奋,于是我说:"听起来很有趣。"

"我会大展身手的。"

"身手?"

她铿锵有力地说:"因为短期集训,我去考了驾照。"

6

圆紫大师的个人表演在民众活动中心举行,我们和江美约在那里碰面,其实只要赶得上进场就行了,提议尽早出发的小正可真是急性子。不过,由于还要去白石藏王听落语,如果约了人碰面,确实早点到比较好。

我觉得我们抵达休息站的时间太早了,而且在深绿的火山湖仅蜻蜓点水地瞄了一眼就离开了。

果不其然,离公交车发车的时间还有很久,我们等了好一阵子,换句话说,我们很早就到了温泉区。

我们慢慢闲晃,在温泉区入口看到了一面写有"小芥子[9]宿游仙馆"的招牌。

"住这家吧?"

"好啊。"

我们走进旅馆,问了一声"有人在吗",一位容貌端丽、与小正十分神似的美女走了出来。我们先询问价格,接着说明"三人住宿,一人不要餐点",然后啰唆地提出"两份晚餐要早一点上,因为我们听完落语九点左右回来,麻烦准备简单的菜肴、饭团和酒"的要求。这位老板娘待人亲切,也利落地吩咐员工准备。

我们一说到"晚上九点会与朋友碰面,一起开车过来",老板娘倏地走到门外,指着旅馆旁边的一块空地说:"这里是员工停车场,我会跟他们说一声,请你们把车停在这里。虽然客用停车位在后面,但那个时段,停在这里比较方便。"

正好,毕竟江美刚考到驾照,我不太想让她在暗处开车。

"小正,她是不是你姐啊?"我们一走进房间,

---

(9) 日本东北地方特产,一种圆头圆身的小木偶。

我双腿一伸，如此问道。

"长得像吗？"

"有一点。"

"难怪她那么漂亮。"

"哎呀呀，有人真不要脸。"

说曹操，曹操到。"姐姐"端茶来了。

"你们去哪里玩？"

"从平泉一路玩到花卷。"

"妹妹"小正问："这里一直都是晴天吗？"

"是啊。"

"姐姐"反问："你们来的时候不是晴天吗？"

"太平洋另一边好像是阴天。"

"这里和凡间是两个世界吧？"我说道。

于是"姐姐"嫣然一笑，开心地说："是啊，毕竟我们已经是云上人了。"

"现在的空房间很多吗？"

"是啊，冬天才会客满。"

"春天和秋天也住不满吗？"

"春天的生意最差，虽然新绿的风景美不胜收。"

"如果在秋天搭缆车上山，应该很棒吧。"

我想起宫本辉的《锦绣》，在心中描绘秋天的藏王。美如织锦的秋景，传来枫叶婆娑起舞的沙沙声，为想象中的群山、空气、世界增添了一份生气。

"入秋之后天气会转凉，这里的秋季很短，不过我真想让你们看看那些美景。""姐姐"露出了欣赏优美风景的眼神。

"我们可以用澡堂吧?"

"嗯,因为是温泉,随时都可以泡。"接着,"姐姐"又说,"不过,这里的泉质硫黄含量高,泡的时候请拿下手表。还有,请别用温泉水洗脸,水要是流进眼睛里就糟了。"

真的有泡温泉的感觉了。

"对了,对了,我们还有露天温泉。"

"姐姐"详细告知路线,我们点头倾听,随着她一边说"那么请好好享受"一边离去,我们彼此对视了一眼。

"怎么办?"

"要去泡吗?"

"应该看不到吧?"

小正乐得拍膝。

"我是说,被看到,被看到啦,"我噘起嘴,"我是这个意思。"

"你好可爱,那张脸鼓起来真可爱。如果我是男的,一定会追你。"

"笨蛋。"

但我内心的纳西索斯[10],让我做了一件无聊事。

---

[10] 希腊神话中的美少年,他俊美而自负,爱上了自己倒映在水中的形象。

我们最后直接去了旅馆的澡堂泡澡。小正的身材很匀称，身上还有泳衣的晒痕，等她走进浴室，我先到更衣室用自来水洗脸。眼前的镜子映照出我那湿淋淋的脸，几绺发丝杂乱地贴在额头和脸颊上，我盯着这张像是结束游泳的少年脸孔好一阵子，轻轻地嘟起嘴。

然后，莫名地觉得这种行为很可悲。

浴室里传来流水声，没过多久，小正以那副不当歌手太可惜的好歌喉，唱起了偶像歌手的歌。

7

简单来说，一旦和小正在一起，就会被她的"女人味"打败。就这层意义而言，我仍然是个"孩子"。有时候是不经意想起，有时候会有切身感受。这时候，我会感到一股近似焦躁的悲哀，就像一个小女孩，听得到广场上的祭典钟声及人群的嘈杂声，自己却被留在家里一样。

正因为人在异乡，所以这种情绪会被放大，然后立即消失。

我们走出澡堂，离傍晚还有一段时间。我们穿着干净的内衣和衬衫，一身清爽，换掉了先前的牛仔裤，改穿裙子去散步。

路边的排水沟流着冒气的温泉水。或许是因为硫黄凝结，冒泡的水流从白里透黄的凝结物上流过。路上有不少人跟我们一样，穿着旅馆凉鞋或拖鞋，一身散步装扮，露出一脸从日常生活中解放的轻松表情，在弥漫的热气中擦肩而过，各自离去。

"好想吃哦。"

我们彼此对视了一眼。甜点店前的招牌写着"欢迎品尝本地特产稻花糕"。但是，等一下还要回旅馆提早吃晚餐，我们为了替肚子留点空间，中午也是随便吃了一点。

"明天吧？"小正遗憾地说道。

"好啊！"

我们又踩着凉鞋迈开脚步，发出咔嗒咔嗒声。路上有几个人胸口别着名牌，从相同方向而来。大概是来这里避暑，进行夏日集训研习或开会吧。

这里是藏王小芥子的发源地，表情天真的女童木偶在整排特产店里凝视着我们。在这些店前面，摆着正在锅里熬煮的特产圆魔芋，令人垂涎欲滴。

"好想再来一趟，在这种地方悠哉地度过两三天。"

"真的。"

"我们下次等到秋天再来吧。尽情漫步在宛如另一个世界、染满红色和黄色的山里，然后泡泡温泉。"

"——来吃魔芋吧。"

意指现在。小正终于忍不住想尝尝在浓稠汤汁中煮得咕噜作响的"特产"了。

　　"我们一起吃一串怎么样？"

　　"嗯！"

　　我也点点头。我们俩并排坐在店家前面的长椅上，像是喜获珍馐似的，各自享用半串热腾腾的魔芋。或许是因为大口品尝，好吃到令人说不出话来。

　　吃完后，我们走进店里逛逛。原本打算请旅馆的"姐姐"推荐当地的小芥子，所以并没有特别想买的东西。不过，电话卡快用完了，我们便买了一张印有藏王火山湖的电话卡。

　　回程还有时间，我们故意绕远路，又是上坡下坡，又是走小径。沿路到处贴着以水蓝色和白色为底，印有"藏王·山林个人表演会，尽情享受圆紫的落语"的海报。

8

　　"maman？"

　　当我们坐在大厅的长椅上看报纸时，听到一个叫声。那不是法语的"maman"，而是"妈妈"，语尾还上扬，是表示疑问的问句。

　　我转头一看，在小正那个位子的扶手处，探出一张小脸,是个两三岁的小女孩,留着娃娃头,刘海剪齐到眉毛那儿,还有一双细长的眯眯眼。

"小正,她在叫你。"

"她没理由叫我妈。"

小正嘴上这么说,却放下报纸,看了小女孩一眼。

我说:"看得出来。"

"看得出什么?"

"小朋友喜欢什么人。"

"喂!"

"哎呀,好可怕好可怕,到那个姐姐旁边会挨揍哦。"

"反正我是魔鬼。"

"魔鬼"咧嘴一笑,伸手抚摸小女孩的头。小女孩像只猫似的,眯起那双眯眯眼,面露微笑。

"喏,她笑了,她笑了。"

"啊,你喜欢她!"

"因为她很可爱呀。"

"你不是很讨厌小孩吗?"

"我是讨厌小孩啊,但她还不到小孩的年纪,介于婴儿和小孩之间。"

"随便你啦。"

"本来就是嘛。"

小正凑近小女孩问:"你叫什么名字?"

小女孩眨眨眼。

"告、诉、我，你的名字。"小正慢慢地重复了一次。

"——小雪。"

"雪子、雪江，还是雪？"

"小雪——"小女孩抗议似的说道。

"噢，小雪啊，好的呀，好的呀。"

小女孩穿着一件圆领短袖T恤，胸前有冰激凌图案。我也靠近小正，重新坐好。

"你住哪里？你是这里的小孩吗？"小正对小女孩指指地板，问她是不是旅馆里的小孩。

"我家，在那边。"小手指向门口方向。她刚从门口进来，也就是说，可能是这里的房客。

"你和谁一起来的？"

"mama——"

"她和妈妈一起来的。"

小正问："你喜欢妈妈吗？"

"喜欢。"

我接着这个答案说："你肯定喜欢妈妈吧！姐姐问了怪问题，真是不应该。"

"——喜欢妈妈不行吗？"小雪一脸错愕地指着小正。小正摇摇手。

"可以可以，当然可以。我是好人，非常好的人。"

小雪歪头不解。

"喏，她在怀疑你。"

"没那回事，对吧？"

小正一说，小雪便蹒跚地走到我膝前。

"妈妈。"

"每个女人她都喊妈妈。"

"当然，她应该分得出谁才是真正的妈妈吧。"

"她一开始对小正喊妈妈，我还以为她是'姐姐'的小孩。"

"因为我们长得像？"

"嗯。"

"好像是更单纯的意思。"

"妈妈的意思，泛指所有女人，包括她妈妈。"

我说完，便把手放在小雪肩上，用脸颊在她头顶上磨蹭。

"我是妈妈。"

"maman——"

"小雪喜欢什么？"

"——布丁。"

"是哦，真好。"

"我跟你说哦——"

"嗯。"

"小雪，有一个，秘密。"

"哎呀，好啊。"小正佩服地说，"搞什么，有秘密的话已经是大人了。"

小雪似乎想起了什么,不再理会我们,蹒跚地往走廊方向走去。过了一会儿,不远处传来一声"maman——"。

"我知道了。"

我一说,小正便问:"知道什么?"

"'mama'就是妈妈。语尾上扬的'maman'则是指其他女人。"

"原来如此。"

接着,我们一起望着小雪的方向,没来由地笑了。

9

这间旅馆一如其名,馆内点缀着许多"小芥子"木偶。晚上用餐时,我们问了"姐姐",才知道,原来这家旅馆的老板是旅游指南上介绍的小芥子师傅。吃完饭后,我买了小芥子,换好鞋便前往民众活动中心。

我们穿越"姐姐"指示的小路,走没几步就到了。正值夏天,即使到了傍晚,天色依然明亮。会场前的广告牌上贴满了从刚才就一直看到的海报,感觉是一场DIY的表演会。

我们在入口处看到江美那张丰腴的脸。

"你好吗？"

我们朗声走向她，江美张开双手，那宽度约可拥抱两个人，她奋力挥手，好像等不及夜色来临、提早出现的星星般不停地闪动。

工作人员在会场排满了折叠椅，已经坐了不少人。我们为了找三人并排的座位，坐在稍微靠后的地方。看来，除了圆紫大师说的戏剧研究会会员，还有不少普通民众进场观赏。随处可见泡过温泉来听落语的人或是当地人的身影。

前座在开演前使出浑身解数，表演结束后，传来了录音带的伴奏声，接着轮到圆紫大师出场了。

一开始是《初贺的千代》。这个段子有一段内容是主角在年底借钱，而圆紫大师则是改编成老婆吃醋，模仿加贺千代女[11]的俳句编成一部滑稽作品。基于最近的和歌俳句新趋势，加入落语家的俳句，十分逗趣。这个段子我只听过圆紫大师的版本。

反之，下一个段子则是《百人光头》。这个段子我常听，不过倒是第一次听圆紫大师的版本。一般人称为《参拜大山》，大山位于神奈川县伊势原市，山上有大山寺和阿夫利神社，从江户时代起一直香火鼎盛。

话说，大杂院的众人今年也想去神社参

---

(11) 加贺千代女（1703—1775），俳人。

拜。然而，有一半目的是游山玩水，所以每年都因为喝醉而引发争吵。身为干事的吉兵卫对于这个行程早已厌烦，于是约定如果有人发脾气就理平头，发酒疯就剃光头，一行人终于出发了。但是，回程途中，熊五郎在旅馆内大吵大闹。忍无可忍的一行人趁熊五郎睡着以后，将他剃成光头。熊五郎醒来后，气得先一步赶回大杂院，谎称船只翻覆，其他人都死了。原本不相信的女眷们看到他的大光头，吓了一跳，纷纷为了替丈夫祈冥福而削发为尼。因此，当所有男人都回到大杂院时，看到这种景象便大发雷霆，吉兵卫说："平安无事地参拜过大山，各位也'寸草不留[12]'，真是可喜可贺。"

在众人吵闹不休之际，就要进入结局实在有点勉强，不过圆紫大师先让带头大哥骂妻子：

"你又不是小姑娘，为什么连你都做出这种蠢事？！"小光在看到熊五郎的光头之前，先安抚其他女眷："大伙儿别慌张。毕竟他是熊五郎。"个性稳重的她年二十八九，凡事处

---

[12] 发音近似"毫发无伤"。

理得当，原本是个靠得住的大姐头，现在却垂头丧气。于是，吉兵卫一脸骇人地骂那个大哥："蠢的人是你。哪有人看到老婆对自己一片真心还破口大骂。小光，我说得没错吧！"忽然又笑着说："哎呀，咱家太座表示真心的方式也真猛。"然后说："好啦，你们大家想想吧。"

于是，故事便结束了。

这就是圆紫大师的表演风格。吉兵卫为了女眷们，试图先缓和男人们震怒的情绪，所以说了那句话。

听过这个段子，熊五郎难以原谅的行为总会在我心中留下挥之不去的不快感。不过，今晚的《百人光头》到最后却把焦点转移到女性的单纯情感，抹去了余韵的不悦。而小光即使剃光头，仍然美丽，圆紫大师表演小光害羞地说"哎呀，真讨厌"时，精湛的演技令人直打哆嗦。

中场休息之后，前座敲打着太鼓，在光鲜亮丽的外表下，带着"前座生活的荣耀与辛酸"这种不为人知的一面，伴着太鼓进行解说，并表演一种记忆术，依邮政编码猜地名，或反过来依地名猜邮政编码。

接着，圆紫大师的最后一个段子是《五人轮番上阵》，重点在于一人分饰五名陆续登场的花魁和客人。

我们在太鼓声中走出会场，繁星点点的夜空真令人心旷神怡。

10

江美像个刚上路的新手司机，开得小心翼翼，应该说是珍惜车吧。

"二手车吗？"

"也算二手，是家里的车。"

那是一辆白色轿车，最普遍的国民款。常听说进口轿车最适合"钓"（我讨厌这个字眼）年轻女孩，但那对我毫无吸引力。简单来说，我顶多只能区分车的颜色，或许未来我会去考驾照，但就算自己买车，只要有轮子能动就好了，我实在不能理解进一步要求汽车性能的人在想什么。

"开奔驰去哪里兜风吧。"这种邀约勾不起我动一根食指的兴趣。要是来这招："有家旧书店很有意思哦！"我大概会立刻上钩。

我们挑了一条宽敞的路回转，回到了游仙馆。江美好像还不太熟悉倒车入库。"姐姐"为我们腾出一旁的停车位，真是感激不尽。我们先下车，频频指示"右边一点"或"再来再来"。

江美也下了车，三人的影子在路面上排排站，我发现对面旅馆前面的铁桶里，装着只剩下残骸的仙女棒，想必是旅馆里的小孩刚才玩过的吧。我们不在的时候，烟火大概发出了金银红蓝的光芒。

走在夜里的冷空气中，一踏进玄关，"姐姐"正在等我们。她从柜台后的椅子上起身，微微一笑，说了声："欢迎回来。"

房里的床被已铺好，靠窗的茶几上也备妥了饭团和下酒菜。"姐姐"说冰箱里还有白葡萄酒。江美去洗澡时，小正换上旅馆的浴衣，我则穿上自己的睡衣。

"啊，真舒服。"

江美刚泡过澡，脸蛋与领口微敞的前胸微微泛红。我也算是皮肤白的人，不过江美比我更白，饱满的下巴让她看起来更像画轴里的公主殿下。

"先干一杯吧。"小正说道。

"好！"

江美一头濡湿的乌黑长发闪闪动人，她走向茶几，我则打开一罐啤酒说："大家辛苦了，明天还要再辛苦一天。"

冒泡的啤酒看起来很美味。

"干杯！"

三人齐声，玻璃杯碰在一起，发出清脆声响。

"嗯——"

江美闭上眼睛，整个头向后仰，像要仰天翻倒，然后慢慢地恢复原来姿势。

"好喝！"

江美露出幸福的表情，放下空杯，从小正手中接过吹风机，不久便响起轰隆声，开始吹起头发。

"那，明天呢？"江美边拨头发边说道。

"走路去火山湖。"小正一边斟满酒杯一边说。

"什么？"

"火山湖、五色沼。"

"我说你们——"江美提高音量，"不是从山形来的吗？"

"我们是从白石藏王来的。"

"那，你们应该已经看过了火山湖吧？"

"我们只是经过。"小正咀嚼着腰果。

我说："好像有徒步的行程，我们可以请导游带路，明天大家一起去。"

"原来是这样。"江美思考了一会儿，然后说，"如果走路，车就得停在旅馆，可是这么一来，往返就得走同一条路。这附近有很多地方可以停车，如果你们想走路的话，干脆……"

江美关掉吹风机。

"我先把行李运过去，我们在火山湖会合。"

"你的意思是，我和小正走路过去？"我问道。

"你们可以搭缆车到山上，然后徒步。以小学生的速度，两个小时就到了。"

"没问题吗？"

"你是问会不会迷路吗？"

"嗯。"

"没关系，那么多人在走，你们只要跟好就行了。再说，你们都带了旅游指南吧？"

"带是带了……"

"我对那里已经没有新鲜感了，不过既然你们是第一次来，走一走也好。"

我想起今天看到一些携家带眷的游客从藏王山顶走下来。这一阵子，就算出游，我也多半会去寺庙或美术馆，很少接触大自然。

"那接下来呢？"江美明明已经决定了，我还是问道。

"在山顶吃饭，开我的爱车走藏王环山道路到上山，我带你们去一家好吃的蛋糕店。"

江美叽里呱啦地说个不停，我没来由地感觉会有好事发生，点了点头，小正有些敷衍地赞成。

一旦决定好了明天的行程，接下来想聊什么都行。落语的事成了开场白，我们便聊开了。小正一喝酒，话就变多。江美则是喝再多也一样，即使太过火地吐槽，她也只是稍微偏头，面带微笑。

然而，我不胜酒力，好像观赏宫本武藏和佐佐木小次郎决斗的君主。再说，炎炎夏日的第一口啤酒虽然好喝，但坦白说，接下来只剩下苦涩的滋味，不觉得啤酒美味的人喝啤酒，纯粹是暴殄天物。

"我喜欢为了家人奉献自己。"江美心情愉快地说道。

"可是啊,女人没理由为了家事辞去工作。"

"对啊,简直岂有此理。"

"你觉得这样能得到幸福吗?"

"所以啊,就算那样,我觉得在精神层面也很充实。"

"就算你这么说,最后还不是败给大男人主义,落得被家务事埋没的下场?"

"就算那样,也不是没有充实自我的方法。哎,这虽然和我想象中的充实有出入。"

"你看,你输给男人了吧?"

小正的用词越来越随便,而她的语气越来越幼稚,像个小学生在拌嘴。

"计较输赢,是当不成夫妻的,对吧!"

两人的争论像平行线一样没有交集,再辩下去也是一样。小正从冰箱里拿出新的啤酒和白葡萄酒,用力将开瓶器的螺丝锥转进软木塞。

"拿着。"小正将葡萄酒瓶塞给我,自己也用左手托着瓶身,使劲拔扯。顿时,随着"啵"的清脆声响,软木塞被拔了出来。江美奋力拍手,小正倾斜瓶身,往两只酒杯里倒了半杯,并把另一只酒杯倒满。

"拿去。"她把斟满的那一杯递给我。

"这么多?"

"少废话，白葡萄酒是专门为你准备的。"

"可是——"

我曾经在公交车上脱口说出"白葡萄酒好像比啤酒顺口"。

"没关系啦，如果喝了想睡就睡吧。"江美说道。

我默默地啜了一口。冰过的白葡萄酒确实好喝，这样反而可怕。

因为我们都专攻日本文学，所以话题从食物聊到电影，以及未来的打算，我也发表了不少意见。此时，我才意识到自己说话有点大舌头了，同时发现杯中的酒一直在减少。或许是因为"姐姐"替我们准备的卡芒贝尔奶酪(13)和白葡萄酒超级配，我感觉轻飘飘的，莫名地傻笑。

话题又绕回"女人"身上。当小正说"男人真自私"时，我不经思考地说："听说在欧洲，女人有没有灵魂竟成了公开讨论的议题，结果以少数服从多数的投票方式表决。"

"哪一边赢了？"江美问道。

"女人也有灵魂！可喜可贺，可喜可贺。"

"你在哪里看到的？"

"我在阿纳托尔·法朗士(14)的《伊壁鸠鲁的花园》

---

(13) 一种法国白霉圆饼形奶酪。
(14) 阿纳托尔·法朗士（Anatole France，1844—1924），二十世纪前半期的法国代表性小说家、评论家。

里读到的。"

小正皱起眉头："讨厌的女人。"

"哎呀，小正，你这么说不对吧？你用'女人'一词，那是自我矛盾。"我兴致勃勃地说。

"正因为你是女人，所以不能这么说，你必须说讨厌的家伙。"

"有什么关系。我现在从理性变成感性。"

"为什么女人注定惹人厌呢？"

"废话，男人也一样惹人厌啊。"

"那，你为什么特别说'女人'呢？"

小正以那妩媚动人的表情看向我："因为说这句话的你是'女人'。"

"是吗——"我拖长了尾音。

"哼，你如果那么喜爱法国，就别念日本文学，去念法国文学。"

"我才不要。"

"你这家伙。"小正突然向我袭来，我冷不防地倒在棉被上。

"别闹了，饶了我吧。"

小正的力气比我大，我越挣扎越站不起来，在棉被上翻滚。好像回到了初中或高中时期，那种感觉不差，气氛越来越热络了。

"又不是小孩子，来这种地方穿什么睡衣啊？！"

小正压着我，被她这么一说，我扑哧笑了出来。

小正看到我这样,忽然放松力道。

"你也是,去让人压在地上试试看,人生会因此有改变哦。"

我趁乱讲了这句惊人的话,顿时觉得脸红,小正看着我的红脸,害我连耳根子也开始发烫。小正从我身上离开,像是发现了什么有趣事情:"哎呀,原来这家伙也会脸红。"

我一起身,朝她扮了一个鬼脸,迅速说:"世人会原谅男人卖弄学问,就像原谅老人的丑陋一样,但对于'女人'有这两种情况却无法谅解。"

江美微微一笑:"说得好。"

我坐在棉被上,将双手背在身后,就像是坐在云端似的说:"阿尔贝·蒂博代(Albert Thibaudet)说的。"

小正的语气不同于这句话的意义,反而充满了温情:"讨厌的女人,你真是讨厌的女人——"

"小正。"

江美依旧面带微笑,若无其事地安抚小正,小正忽然沉默了。我觉得这两人怪怪的,而自己竟然眼眶发热。

(明明从小学以后,我就不再流泪,一定是葡萄酒的缘故。)

"一生的失策"这句话在我脑海中打转。然后,记得江美靠近我说:"你该睡了。"

我觉得自己好像"嗯"地点点头，整个人就这么陷入云层中。

11

"火山湖直径三百三十公尺，水深二十七公尺，湖水碧绿，但是颜色瞬息万变，别名五色沼。"

我朗读旅游指南，小正说："噢，是哦。"

早上，我第一个醒来。外出旅游我没办法睡到太晚。在仿佛看到佛祖的"寂静拂晓"中，我倏然睁大眼睛。如果在家里，就能睡到中午，外出旅游的心情果然还是不一样。

我想起昨晚的事，原以为会头痛，不过并无大碍，反而感觉神清气爽。我起身看了茶几一眼，连饭团都吃得一干二净。

"果然厉害。"我对呼呼大睡的两个朋友大感佩服。然后一鼓作气起床，抓了毛巾，穿上拖鞋。

穿过微暗的走廊，独自泡进浴缸，四周一片宁静。不久，我也不想故作乖巧了，反正四下无人，我一会儿像水上芭蕾选手抬腿，一会儿摆出泳姿，心情越来越舒畅。

回到房间，我躺着读《梁尘秘抄》[15]，不久，江美也起床去冲澡。我们又是换衣服，又是聊天，小正终于嘟嘟囔囔地醒了。

早餐由楼下的宴会厅供应。厅内的墙面上挂着绘有彩色小芥子图案的色纸。时间到了，我和江美先去，小正随后一脸睡眼惺忪地来了。

于是，我翻阅旅游指南，小正喝茶。"咱们中午要吃什么？"

我问问这个"活动的旅游指南"。

"请'姐姐'替我们做饭团吧。如果天气好的话，我们就在外面吃吧？"小正点点头，身后传来叫声。

"maman——"

"咦？"

小正回头的同时，小雪从开启的纸门那端探出头来。

"是你呀！"

小正露出滑稽的表情，小雪笑着伸出手，碎步朝我们走来。今天，她身上穿的T恤印有粉红色的鱼。

"小雪。秘密，怎么了？"

我一这么说，小雪顿时露出无趣的表情。

"跟你说，小雪，已经，把秘密吃掉了。"

我忍不住笑了，此时感觉有人站在纸门彼端，一

---

[15] 日本平安时代末期编纂的歌谣集。——编者注

个低沉的女声说:"小雪,走吧。"

像小芥子的孩子往声音方向看了一眼,对我们挥挥小手。

"拜拜。"

"让您久等了。"

小雪刚走,女服务员便送来味噌汤和白饭。

"搞什么,原来秘密是点心啊。"

"一定是布丁。"

我们哧哧笑着,把昨天和小雪的对话告诉江美。

"好棒的年纪哦。"

小正一边拿筷子一边说:"唉,这是大人的主观思维,小孩也有他们的苦衷。"

"像是布丁已经吃完了吗?"

"这也是天大的事哦。"

我一脸顿悟,自以为是地说道,然后啜饮了一口味噌汤。

"对了——"

"干吗?"

"我想吃稻花糕。"

"哎呀,我忘了。真佩服你啊,好可怕的执着。"

"没有执着成就不了任何事。"

小正泡过澡后,我们离开旅馆,在附近的特产店买了早上刚捣好的麻糬。那家店的年轻老板娘一面亲切地为我们包装,一面斥责在马路上玩耍的女孩,那孩子念小学一二年级，老板娘对她说："为什么达不到我的要求呢？"大概是指写暑假作业或收拾饭后餐具吧。女孩顶嘴，讲了一句不算回答的话——"谁叫妈妈是笨蛋"，然后若无其事地继续玩耍。或许老板娘不方便在我们面前破口大骂，露出了一脸不好意思的痛苦表情。也不是每个小孩都很可爱。

我们买了盒装乌龙茶和牛奶，回到游仙馆打包行李。

"姐姐"在柜台嫣然一笑，送了我们附有小芥子的钥匙挂饰。江美马上把车钥匙拿出来，把那个加装在皮革钥匙圈上。

"谢谢光临，欢迎再来。"

"姐姐"向我们鞠躬道谢，我们自然应了声"好"。

我们走出旅馆，将行李放进后备箱，稻花糕和饮料则分开放置。

"江美怎么办？直接过去吗？"

"时间还很充裕，我会先去朋友家。"

她说山形的高中同学住在这里。

"那我先送你们去搭缆车。"

江美先坐上驾驶座，扭动身子解开车门锁，我们正要上车时，一名男子从旅馆后面走来，"咦"地偏着头，然后又像接受现实般地点点头，走进大门。

"搞什么，真没礼貌。"小正说。

"咱们的车不是停在旅馆停车场吗？因为还没发

动,所以不是驾驶的问题。"

江美扑哧一笑,说:"那也很没礼貌。"然后小声地嘀咕:"呃,这是离合器——"

"你在开玩笑吧?"

"真的没在开玩笑,毕竟我是新手驾驶。"江美像个公主,从容不迫地发动引擎。

12

我们第一次搭有转乘站的缆车,途中有一站叫"树冰高原",原以为是被白雪覆盖的风景,实际上是一片晴朗蓝天。从月台俯瞰,温泉区的街景好像模型。

底下的"藏王山麓车站"一带,随处可见前来避暑集训的孩子们,透过缆车的玻璃窗,甚至可以感受到开朗的嬉笑声。那大概是江美在初中、高中时期的模样吧。不过,此刻的她也正在绿荫中前进。

接着,缆车继续向上爬升,轻飘飘地飘浮在半空中。

我们与二十多名游客一起在终点的"藏王地藏山顶站"下车,首先向坐镇的地藏王菩萨行礼。

"那就是地藏岭吧?"我回头向小正指了指右手边一座有几个人正在攀爬的山。

"除了地藏岭,没别的了吧。"

"地藏王菩萨在这里坐镇之前,那座山叫什么?"

相传在原业平[16]想去观赏瀑布,他说"喂,我们来爬这座山吧",后来有"布引瀑布"的那座山被称为"砂石山"。所以,应该不是先有地藏岭这个名字,才有地藏王菩萨的吧。

"真是瞎操心,山就是山啊。"

白色小花在散布着灌木和草丛的斜坡上零星绽放。那景象仿佛在对我们招手。小正走在前面,我们一路上东拉西扯,在山腰间漫步。

一开始的山路是由木材铺制而成,山上的空气清新,天气晴朗,令人心旷神怡。然而,下坡路则夹杂着碎石。我们爬上高岗,前方的凹陷处好像被挖开似的(这是我的感觉,其实没有那么夸张),一旦抵达底部,上坡路变得比之前更陡,我看到那条路朝遥远的彼端爬升,顿时瞪大了眼。

"小正,那是什么?"

小正擦拭额上的汗水,开心地说:"山啊。"

走到这里,小正和我之间拉开了距离,她并没有放慢速度配合我,她先走到底部,这才回过头来。

"喂——你缺乏运动。"

我无力地举起手。

---

(16) 在原业平(825—880),日本平安初期的歌人,三十六歌仙之一。

"不急。踩在石头上，脚踝会痛哦！"

不知她是不是在替我着想，我走得乱七八糟。接着，她又轻快地往上爬。走了一阵子，然后停在宛如刺枪从天而降的木桩旁等我。

棕色的斜坡沿路竖立着木桩，大概是起雾时避免游客迷路的指标，那景象很奇怪，好像外星球的表面。

幸好一起爬山的同伴是小正，不必配合她加快脚步。我的个性算是会替别人着想，不过既然是小正，就算她没说"别急"，我也不打算逞强。尽管让她等了一阵子，我还是觉得彼此彼此啦。

"喂，我们来减轻负担吧。"我晃了晃装饮料的袋子。

"好啊。"小正也亮出装麻糬的袋子。我们坐在路边的大石头上休息，我喝牛奶，小正喝乌龙茶。

"江美陷害我们。"我轻咬吸管顶端，大发牢骚，"什么小学生的脚程，两个小时就走到了……"

话说到一半，一对小学生兄弟俩精力充沛地从我身边经过，小正忍不住笑了出来。小学生的父亲体格健壮，跟在他们后面矫健地前进。

"不过感觉很棒吧！"

小正边说边打开稻花糕的盒子，一排白色麻糬被包在竹叶里。含在口中，一阵甜而不腻的香甜在嘴里散开。

风吹过微微发汗的身体，感觉好凉快。

"啊，运动后坐下来休息，宛如置身天堂。"

再怎么样也吃不完一整盒。小正把剩余部分拿起来，我把盒子压扁，塞进牛仔裤口袋，顿时腾出手。补充过体力，我们气喘如牛地爬到山顶，接下来就轻松多了。

水蓝色的山峦峰峰相连到天边，蓝天下有几片宛如彩绘的云朵在群山附近飘动，浓绿色的高原绵延至远方。

两名中年男子在斜坡道超越了我们，一胖一瘦，瘦子穿皮靴。确实能以"走山"的心情爬这座山。然而，若是稍微偏离路线，在灌木林或草丛中迷路，天气又起雾，大概会搞不清楚自己在哪里吧。一想到此，置身于恬静的风景中，竟感到不寒而栗。我小心翼翼地在缓坡上前进，前方转角的岩石上坐着一名穿着Polo衫的男人，那姿势简直像在打坐。然而他的坐姿并不严肃，反倒像不怕生的小孩坐在滑梯上。

小正说："他好像猿山的猴子哦。"

当时，我根本认不出坐在岩石上的那个人。

13

"圆紫大师——"我走到正下方，看不清楚对方的脸。我稍微后退，谨慎地出声叫唤。

耳中立刻听到柔和的回应，圆紫大师站起来，我看到了他的上半身，不由得想起《去来抄》[17]中的俳句"行至岩突角惊见此处另一人赏月风雅客"。

"嗨！"

"这次换我找到您了。"

这次的情况和涩谷那一次相反。好像只有他一个人。

"您一个人吗？"

"嗯！"

"那我打扰您想事情了吗？"

"不，我没在想事情。"圆紫大师身轻如燕地从岩石上下来。

"你不是和一位长发女生走在一起吗？"

小正露出不可思议的表情。我告诉她，圆紫大师在台上好像眼神放空，其实一切都看在眼里。我也向圆紫大师报告事情原委。

"不好意思现在才介绍，这位是高冈正子小姐。"

圆紫大师微笑向她打招呼。

"写作正子，读作shouko。"

"要小心哦，通常大家看到这个名字都会念成masako。"

我如此解释之后，又说："可是这位高冈小姐，

---

[17] 日本著名俳人向井去来晚年的著作。——编者注

自己却把'白石'车站说成了'白司'。"

"真多嘴!"

小正用胳膊肘捅了我一下。圆紫大师眯着眼看着我们俩拌嘴。

"哎呀,你叫得正是时候,我刚才正想睡,要是继续维持那个姿势,说不定真会从岩石上滚下来。"

"您可真悠哉。"

"是啊,我一脸放松吧!"

"这个嘛……"

圆紫大师说了声"走吧",我们也点点头,不能让江美等太久。

"游紫先生呢?"我问起那位前座。

"请他先回去了。我今天没事,所以想四处走走。"圆紫大师表示想从火山湖搭公交车到新干线车站。

"您喜欢独处吗?"小正问道。

"我们现在像'三人行',好像不能这么讲哦,不过我觉得一个人旅行比较放松。"

"全家出游呢?"

"哦,那也不错,但这样又别有一番滋味。"

我想起那件事,便问他:"蚁狮还好吗?"

"很好!这么说也怪怪的。总之,多亏有你,真是帮了我一个大忙。内人也是第一次看到这种虫,觉得很新奇,就跟女儿一起观察。"

"那么，自然科学的作业也解决了吧？"

"嗯，我女儿画了各种图解，如果按照顺序贴妥，应该蛮像样的。"

"不过……"小正将话题拉回，"您的工作明明是以一群人为对象，您却喜欢独处？或者……"讲到后来变成自言自语。

"或许是因为工作性质，所以我喜欢独处吧。"圆紫大师稍微想了一下。与其说是在思考答案，倒不如说是在思考该不该回答。终究因为我们宛如亲子般的年龄差距，使得这些话很容易说出口："我并没有以一群人为对象。"

"那您的对象是懂落语的部分人士吗？"小正不服气地紧咬不放。

"不，不是一部分，是一个人，就是我自己。"

"您自己？"

"是的，我的对象是年轻时的自己。满怀单纯的期待，仔细聆听一场场落语的自己。我在说落语时，把听众当成以前的自己，所以绝不能打马虎眼。如果敷衍了事，等于是自己放弃了落语。"

我想起圆紫大师在中学时期，听到上一代讲的《第一百年》而落泪的事。当然，那是因为被内容感动，或许同时包含了看到自己的人生这种触动心弦的感受。相较之下，虽然昨天的表演让我落泪的原因很多，但若要追根究底，恐怕是看不见自己人生的焦躁与不安所致。两者的差异，在于雾里寻花及将果实握在手中。而我已是大学生，为此感到羞愧不已。

我们在缓坡路走了一阵子，走到岔路口，看到两三个人扛着器材，正在拍摄植物。不知是摄影师还是研究生物的大学生。

"《百人光头》这个段名很少用吗？"我试着问道。

"我师父用这个段名，所以我也沿用。不过一般人都用《参拜大山》吧。"

"我昨天第一次听圆紫大师讲这个段子。"

"这样啊，我有十年没讲了。"

"是'山'的缘故，所以才选这个段子吗？"

"与其说选，倒不如说是这次表演会的执行企划石川先生替我决定的。他是语文老师，对于《加贺的千代》很有兴趣。最后为了分别描述登场角色，挑了《五人轮番上阵》。"

"确实，圆紫大师原本就是为了戏剧集会来表演的。"

"是啊。其实我昨天下午以'落语表演'为题，做了一场演讲。"

"哎呀，我也好想听。"

圆紫大师摇摇头："不不不，说是演讲，我自己都觉得不好意思，也不是什么艰涩难懂的内容。我只是举例说明基本原则，你也不必特地去听。"

讲得我好像是很厉害的落语通。

"来欣赏表演的听众都是普通人吧?"

圆紫大师露出一副"这就是重点"的表情。

"我不想将段子的内容当作研究材料,充其量那只是在温泉区举办的个人表演,欢迎任何人观赏。或许有人想在旅馆里喝酒,有人想睡觉吧。这当然也是度过欢乐时光的方法。"接着又说,"我并不是讽刺这些人,我是真的这么认为。"

我点点头,圆紫大师继续说:"相对地,只要想听,我希望任何人都可以来听。石川先生大概也很辛苦吧,替我东奔西跑……"

我想起了在温泉区随处可见、像是手工制作的复印海报。那种海报反而令人备感温暖。

"可是,您在表演时一定乐在其中吧?"

"嗯,那当然,这种事非得喜欢才办得到。"

"所以,第二段落语是《百人光头》。"

"是的,被你猜中了,因为这个段子与上山有关,所以石川先生想到了它。开场白很容易切入,他的要求真是体贴。"

缓坡路稍微变陡了。

"毕竟这是我平时不表演的段子。可是石川先生说:'从前确实听你讲过。'"

"那是什么时候的事?"

我想起圆紫大师刚才说他有十年没讲《百人光

头》了,而石川先生听过,表示他是相当资深的听众。

"大概在学生时代吧。那时候,石川应该在东京,现在来这里当高中老师。在我成为真打之前,我收到他的信,那应该算是落语迷的来信吧,信中针对我表演的段子给予了批评指教。"

圆紫大师的听众有固定的年龄层,会有这样的人也不值得大惊小怪。

"所以,他说:'趁这个机会把很久没表演的段子拿出来秀一下。'我想这话也有道理,于是就表演了……"

"太棒了。每次听到《参拜大山》,我总认为那是'不讨喜的段子',这次反而深受感动。"

圆紫大师眨眨眼,想了一下,旋即说:"很高兴听你这么说,但我觉得我的表演方式好像错了。之所以一直不表演这个段子,就是这个缘故,换句话说,我有点犹豫。"

圆紫大师直视着我的眼睛,说了目前一位大师的名字:"你听过他的《参拜大山》吗?"

我有些慌张地说:"没有。"

"我想,你听完应该不会觉得不舒服。那位大师描述熊五郎,却不会令人不愉快。故事里的那些妻子出于那种莫名其妙的原因剪掉当时的女性视作生命的头发,我对她们抱有一份情感。否则,我没办法表演那个段子。可是,《百人光头》这个段子本身并没有这种要求。我认为,鲜活地描述那些莫名其妙的事,不让听众做多余的思考,一路讲到最后,才是那个段子的精髓。"

虽然本人这么说,但我觉得正是因为圆紫大师以他的形式表演《百人光头》,所以才显得弥足珍贵。难道是因为我是女性吗?

随着坡道越来越陡,我们不再交谈,三人只是默默地爬坡。圆紫大师用极缓慢的步调,一步一个脚印地踩着泥地,大概是顾虑到我吧。小正不得已也走得慢吞吞,说不定她也累了。

看到山上的小屋了。

14

"哇——"我纵情地发出赞叹声。

从山间小屋旁经过,眼前是一望无际的雄伟风光。坡度骇人的下坡路前方有一条弯路,在低洼处迂回蜿蜒,尽头出现了又圆又绿的五色沼。

步行而来,终于抵达的心情,更令人感觉景色美不胜收。

有备而来都能如此感动,若是不经意攀越山丘,看到这幅景象又会如何呢?那份感慨非笔墨或言语所能形容。

就这层意义而言,我认为瀑布是最棒的景致。在白天依然阴暗的山路里走着,听见轰隆隆的瀑布流泻声,这就是序曲。我对于瀑布的规模、形状一无所知,砍断常春藤,跨越横倒的杂木继续前行,瀑布的倾泻声越来越大,震耳欲聋,我越来越紧张,就在忍不住想"哇"地大叫时,视野豁然开朗,忽见眼前一条从天而降的白龙,宛如那智瀑布[18]。

我撩起刘海,维持这个姿势,让眼前的景色与幻想中的瀑布重叠。

"下去吧。"

小正说道。我伸手探向裤子口袋,想起口袋里除了空盒,还有拍立得相机。

"等一下。"

小正和我分别与圆紫大师拍照。即便如此,底片还剩下十五张。

拍好后,我们继续往下走,沿途根本无暇欣赏风景,全心留意脚边,从布满石头的陡坡走下去。走完这条陡坡,接下来就是可以边走边哼歌的轻松路。看着左手边的火山湖,走着走着,休息站就在眼前了。

"您吃过午餐了吗?"小正问圆紫大师。

"刚才在岩石上吃过了。"

---

[18] 位于日本和歌山县,是日本最高的瀑布。——编者注

圆紫大师拍了拍口袋,像是在拍打"神奇口袋",一个折好的白色塑料袋探出头来。大师果然请旅馆老板做了饭团吧。

"我要告辞了。"

"这样啊。"

"公交车大概没几趟吧。"

我们抵达休息站之后,四周的游客突然变多了。

"后会有期。"圆紫大师向我们点头致意。

"呃,这个吃了一半,如果您不介意的话……"小正忽然拿出装着稻花糕的袋子。这举动对于初次见面的人来说,未免有点冒失。

"甜食吗?"圆紫大师看了一眼,微微一眼。

"您怕甜食吗?"

"不,我最爱甜食了,回程时我会在车上吃。"

我们与圆紫大师告别,在路上与前去欣赏火山湖的游客们擦肩而过,走到宽敞的停车场。云海已经消失了,我们从那里眺望的景色与昨天截然不同,群山从近处的绿色,渐渐变成蓝色,然后再变成水蓝色。我觉得风景比昨天有趣,于是频频变换角度拍了几张照片。透过镜头,我看到几辆白车,却完全看不出差异。心想"等会儿大概得找一下了",这时却看到江美从容不迫地从一排车之间走过来。

"抱歉啦,本来想去接你们,但等着等着,有点想睡了。"

门窗紧闭的车上大概很热吧。不过微风徐徐，如果打开车窗，反而很舒服。江美眯起眼睛，一脸昏昏欲睡的表情。

"我买了饮料，好像买太多了。"

我们回到了可以欣赏火山湖和山峦的地方，吃起午饭。像这样吃喝，就能了解圆紫大师在岩石上用餐的心情。

比起那个地方，这里只看得到白褐色地表上的绿意，少了点情趣，不过风景相当雄伟。充满秋意的风吹来，在视野广阔的地方吃饭团，那滋味比平日里好十倍，一点都不夸张。

我们提起刚才遇到圆紫大师的事，江美一点也不惊讶地说："我在停车场遇到了小雪。"

"小雪，是那个小雪吗？"

"对啊，她和她妈妈一起走到我的车旁边，我从车窗里朝她挥挥手，她对我微笑。"

她们大概是从旅馆出发，开车到火山湖的吧。从山形方向到这里的路线通常都是这一条，所以不期而遇也不值得大惊小怪。

"那，刚刚对彼此而言都是一趟重逢之旅。"

小正边说边将视线投向不知看了几次的火山湖。五色沼今天一直呈现祖母绿的光泽。如果云层流动，阳光有所改变的话，五色沼大概一如其名，将会发生五彩变化吧。

"我要把它拍下来。"

我一起身,江美便扫兴地说:"跟你说,如果拍下来,会变成一摊水哦。"

纵然宽度超过三百公尺,若从这个山顶拍照,说不定会失焦,最后看起来像是一摊水。

"好像脸盆。"小正说。

"你闭嘴。"我将拍立得相机对着两人。

按下数次快门之后,江美轻飘飘地站了起来。

"怎么了?"

"糟糕——"江美偏着头说,"我一定睡迷糊了。"

"什么意思?"小正也诧异地抬起头。

江美不怎么慌张地说:"我把钥匙插在车上了。"

15

"你上锁了吗?"发问的人是小正。

"不知道,不过印象中好像没锁。"

"如果车没被偷,你没锁那就还好。要是车停在山上还插着钥匙,车门又上锁,那可就麻烦了。"

"是这样吗?"我在一旁问道。

"不要紧,我没关车窗。"听见江美这么回答,小正抱着头。

总之,我们马上赶往停车场。

"还在啦。"江美在远处就看到车，一副事不关己的样子说道。

"车窗真的没关。"

小正看到车窗，愣了一下。幸好车没事，我正这么想时，江美走近车，脸色变得很奇怪。

"怎么了？"

"不太对劲。"江美把手搭在窗框上，往车内看去。

"怎么回事？"小正有点焦躁。这两人简直是"急惊风"和"慢郎中"，一个"过"另一个"不及"，然后连我也有点耐不住性子了。

"椅套。"

"咦？"

"不见了吗？"我不禁以质问的语气问道。

"不是江美剥下来的吗？"

"我干吗要把椅套剥下来？"

"我怎么知道？"

我哑口无言。

"那……就表示被偷了。"

"是吗？"

"除了椅套，还有没有其他东西被偷？"

小正探进座位查看，江美绕着车走了一圈。

"没有，饰品和杂志类的杂物全都塞在副驾驶座下面。"

"椅套那么值钱吗?"

小正真没礼貌。

"只是普通椅套啊,为什么只拿走椅套呢?"江美说道。

说奇怪,还真奇怪。

"要是看完火山湖再回来……"我不经意脱口说出,"车上的椅套就通通被剥光了。"

小正和江美彼此对视一眼,默不作声。白色轿车像个不可思议的箱子,我抬头仰望晴朗的蓝天,仿佛会被吸进去一般。

"既然这样的话……"

正当我嘀咕时,旁边传来一阵响亮的引擎声。我转头一看,一辆公交车正从大型车专用停车场驶出。

我二话不说,忽然冲了过去,不理会身后被吓呆的小正和江美。我难得当机立断,绕过去看到公交车上显示的目的地是"白石藏王"。

"等等,停车!"

我挡在吐着黑烟、缓缓启动,犹如鲸鱼般的公交车前面。

16

"吓死人了。"

"好有活力的女孩！"中年司机大声嚷着，在放圆紫大师下车后，公交车便扬长而去。江美和小正看着我，那眼神好像在看陌生人。

"连我自己也吓了一跳。"

我对自己的冒失行为略感后悔。圆紫大师手里还拿着稻花糕的盒子。

"我才正要吃啊。"

然后，好像觉得很有趣地笑了。

朋友们当然是一脸莫名其妙："你到底在干吗？"

她们没看过圆紫大师之前表演千里眼的模样，难怪会有这种反应。

"汽车是《百人光头》。"

"什么？"

我简短说明事情的原委。

"若是恶作剧，也未免计划得太周详了，不可能没有理由……"圆紫大师的表情渐渐变得严肃，"总之，去看看吧。"

我在前面带路，江美她们也不得不跟了上来。

"你们有没有在这一带，遇到一个两三岁的小孩？"

我那两个朋友露出好像在看魔术表演的眼神。虽然大师每次都来这一套，我也一样瞪大了眼睛。

"所以有没有呢？"

"小雪她……"

"有吧？"

"那，呃，那小孩把他们车上的椅套……"我结结巴巴，想不出适切的话，有点不好意思地说，"弄脏了，所以她妈妈从我们车上拿走椅套替换。"

"没有人会为了这个做出这种事吧？再说，如果真是这样，只要拿走副驾驶座或后座的椅套就行了吧？"圆紫大师转身环顾四周，"总之，我们在讨论之前，必须先找到那孩子，希望她没事。"

于是，我们确认小雪的特征及身上穿的衣服，迅速分配各自负责搜索的区域。我的心情像是在被莫名其妙的事物追赶。我在负责的区域四处寻找，从停车场跑到马路上，再往下走，找了一阵子。

一路上与几辆往返的车擦肩而过，一度被按喇叭。

当我疲惫不堪，不知在第几个转角处停下来时，上方隐约传来广播的声音："一名年约三岁、名叫小雪的小朋友现在正在休息站，请她的母亲赶快过来。"

休息站和后面一带是小正负责的区域，大概是小正找到的吧。

我松了一口气，全身虚脱。

17

我一走进休息站，就看到小正坐在商店前面的长椅上,小雪则坐在她腿上,脸上的表情僵硬,好像木头刻成的小芥子。圆紫大师站在一边,江美则坐在旁边。

"她在上面的阳台。"小正气愤地对我说道。

江美不疾不徐地问圆紫大师:"怎么回事?"

圆紫大师的目光稍微偏向小正。

"遇到二选一的情况时,如果一开始认定的对象只有一个,那么就算选到其他选项也不会察觉,对吧?"

如果认定是"masako",就不会念成"shouko"。如果习惯念"白司",就不会念"白石"。圆紫大师没把这段话讲出来,但这是否在他脑海中一闪而过?

"剥下椅套以后,只剩下座椅。换句话说,这辆车失去了特色。"圆紫大师平静地接着说,"你们听我说,有人先从另一辆同款车上剥下椅套之后,回到自己车上,然后在同伴面前剥下车上的椅套。接着,这两人下车找地方打发时间,然后这个人再把同伴带去第一辆被剥下椅套的车上。同伴万万没想到别人的车也被剥下椅套,所以很难察觉车被调包了吧。"

为了使两辆车看起来是同一辆,先让人对"车没有椅套"产生先入为主的观念啊。

"可是,这种骗小……"

骗小孩的把戏,我把剩下的话吞下肚。

"这时候,就算说椅套被偷了,也想不出合理的解释。然而,没有椅套的车就变成了一件普通的成品。如果把这种情况想成是为了抹去汽车的特征，那就合乎逻辑了。这么一来，这个把戏并不是用来欺骗大人，非但如此，只要对方是稍微懂事的孩子，就不容易上当。反之，假如是零到一岁的幼儿，根本不用如此大费周章。"

所以对方是两三岁的小孩。

"剥下椅套之后，先前坐过那辆车的感觉就不一样了。把车停在停车场，假如是第一次停在这么宽敞的停车场，就算是我也会忘记之前停的位置。假如是父母带着孩子，即使停车位稍有改变，孩子也不会起疑。而且，父母先让孩子上车，并锁上车门，孩子也会乖乖坐在车上等吧。这么推断也很合理。"

"可是，小雪却跑到车外。"

"对，这孩子大概发现不对劲了吧。玩锁是常坐车的孩子会出现的举动。开锁需要力气，但知道诀窍的孩子真要开锁的话，倒也不是办不到，所以最近经常发生小孩摔出车外的意外事故。大人打的算盘是即使孩子跑到车外，若是有人从旁经过，应该也会把孩子赶上车，再把车门关好吧，所以才会有这种让人摸不着头脑的事情。"

"她妈妈……不会来了吧？"

商店的女孩子倾身向前，以消沉的语气说道。小正紧抱着小雪。

（弃儿。）

圆紫大师微微垂下视线,像要解除令人神经紧绷的沉默似的,又缓缓开口说:"是刚好看到一辆同款车没锁,才那么做的吗?如果只是那样,也未免太大费周章了。她母亲在抛弃她之前,是不是还挑过对象?在对方来之前,先把孩子放进安全的车里。也就是说,假设她母亲想将她托付给特定的一群人,这么费事也就可以理解了。所以我想,可能是你们和那孩子很合得来。"

我畏畏缩缩地说:"我们在旅馆的大厅聊天,今天早上吃早餐的时候也在一起。我们不清楚她妈妈是怎样的人,说不定她妈妈不经意看到了我们。"

三个年轻女孩或许很引人注目。

这时,我豁然开朗:"喂,我们离开旅馆的时候……"

江美扬起眉毛:"怎样?"

"后面有个人不是露出了奇怪的表情吗?"

"对啊。"

"旅馆的停车场在后面吧,他看到同款车,顿时觉得很奇怪。"

肯定是这么回事。

然后,两辆车又停在一起。江美是先去朋友家才过来的,并非直接跟在小雪她们后面。小雪的母亲嗓音低沉,稍晚离开旅馆,大概按照观光路线,穿越环山道路,来到了火山湖吧。而江美刚好遇上她的车。

说不定她觉得这一切都是冥冥中注定的。但是,就算她把孩子托付给我们,我们究竟能做什么?

"既然会做出这种事,想必是有解决不了的困难吧。我担心的是这孩子的母亲。"

这附近有几个危险的悬崖。接下来只能祈祷她别做傻事。

"我们到停车场的时候……"

我从口袋里拿出拍立得相机。

"我拍了几张照片,拍到几辆白色轿车。从概率上来说,找到人的可能微乎其微,但如果运气好,说不定拍到小雪她们的车,或许能查到车牌号码……"

旅馆的登记簿大概没有记载正确住址。但如果查得到车牌号码,就能知道她母亲的身份,只要她母亲平安无事,不就能找到本人吗?

但是小正咬着唇,压低音量说:"如果运气好是什么意思!请你别讲这种话好吗?她妈妈做出这种事,知道她的身份又能怎样?"

一瞬间,小雪突然扭动身子,伸出了手。我不晓得她的用意。那只手在空中舞动,像在跳着悲伤的舞,小正迅速避开,但是小雪的指尖还是擦到她的左脸颊。这孩子的指甲很薄,小正的脸颊浮现一条短短的红痕,接着渗出血。

"小正。"

但是小正面不改色,频频以右手温柔地抚摸小雪的头发。然后，像在念咒似的，在不安地扭动身躯的小雪耳畔不停说着："对不起，对不起，对不起。"

小雪渐渐平静了下来。江美默默地用手帕按着小正的脸颊。

不一会儿，小雪朝远方轻轻叫了一声："mama——"在小正的抚摸下，小雪身上的粉红鱼随着她的规律呼吸上下起伏，她忽然垂下头，睡着了。

小正肯定是为了命运向小雪道歉。这孩子并非被关在车上，而是被关进了另一个命运。

我忽然惊觉，这期间商店仍然持续卖出牛奶和可乐，有个老妇人正在看明信片，游客们上下二楼的餐厅。时光若无其事地流逝，等到我们把这孩子交给警方保护，几个小时以后，我们也将与她分离。

江美拿开手帕，小正脸颊上的血总算凝固了。

我看了圆紫大师一眼。圆紫大师以望着宝贵东西的眼神，凝视着熟睡的孩子，然后悄声说："如果运气好——我认为你可以这么对她说：'如果运气好的话，你就能再见到妈妈。'接下来会有许多事情等着这孩子，像是值得惊奇的事物、学习的事物、唱的歌、走的路、呼吸的空气等等，她母亲绝对没有剥夺这些。光是如此，我相信这孩子会有好运气。"

小正抬起头，缓缓点头。

刹那间，不知为何，我觉得小正和睡在她腿上的孩子，看起来好像一尊圣母子像。

小 红 帽

1

我在十月的某个星期五傍晚听到了那件怪事。

2

不知起因为何。那天中午,我在学生餐厅吃咖喱饭,忽然觉得口腔左边下排有颗牙松动了,心想,大事不妙。一个月前,我感觉喝水时那一带的牙齿特别刺痛,却没去看牙医。我这人总是忍到痛得受不了,才肯乖乖就医。

我试着用舌尖去顶它,一边留意旁人的目光,一边用一次性筷子戳了戳。

那颗牙移动了一下。

牙套整个松脱,这下子不能再拖了。若是置之不理,牙套会和咖啡一起被我吞下肚。我用筷子用力一戳，牙套应声脱落，再以舌头将牙套往前送，若无其事地把那个银色物体吐出，包进餐巾纸。

勉强用另一边牙齿嚼完剩下的咖喱饭，内心一阵空虚。

我将水倒进乳白色塑料杯，入口委实刺痛。

文学院的学生餐厅前面有一片宽广的中庭，下一节课马上就要开始了，那里聚集了不少人。中庭对面有一座用来举办开学、毕业典礼的大礼堂，学生经常在那里上体育课，所以那些人不见得都是文学院的学生。

我透过高达天花板的大片玻璃窗，漫不经心地眺望由右往左流动的人潮。那景象映入眼帘，我的注意力却集中在牙齿上，若用舌头去顶，那颗牙格外刺痛。尽管如此，又忍不住去顶那个突然出现的洞，连自己都觉得不可思议。我想起了维利耶·德·利尔-亚当[1]的杰作《残酷故事集》(Contes Cruels)，里面的贵族波兰公爵理查，他是一个美男子，与世上最后一名身患强烈传染性疾病的患者见面，却忍不住碰触了对方的手。

不管怎样，如果再这样下去，我也会变成《残酷故事集》的女主角。

我从椅子上起身，打电话回家，一听到母亲一派

---

[1] 维利耶·德·利尔-亚当（1838—1889），法国作家、诗人、剧作家。

悠哉的声音，便拜托她替我预约牙医。

"预约什么时候？"

"今天傍晚，我马上回家。"

"可是，医生会马上帮你看吗？"

我目前常去的牙医诊所就在我家附近，开了两三年。那位牙医待人亲切、医术高明、风评良好，所以诊所总是人满为患。初诊在挂号之后得等两个星期才排得到，但是急诊病患不受这个限制，所以我打算利用这一点。

"一般病患不行啊。但你只要说我牙套掉了，现在正忍痛从东京赶回来，八成没问题啦。"

"你不是不痛吗？"

"哎呀，真是不敢相信，你是我妈欸，至少在电话里听得出来我很痛吧！"

"是吗？"

"和母亲打电话，用不着哭天喊地吧！"

我放下听筒，背上黑色挎包，走出学生餐厅。原本那天我也有一节体育课，就是下一节，不过我在五月已经放弃了。

学校规定，学生要从众多体育课程中选修两个学分。我在一年级选修了羽毛球。

羽毛球是一种比想象中更剧烈的运动，一场比赛下来，总是累得半死。正因为需要技巧，所以乐趣横生。控制羽毛球，让它忽前忽后，玩弄运动神经比自己差的人，真是爽快。单打的话我多半会赢。不过，若被对手以高飞球逼至球场后方，我会因为臂力不足，没办法把球打到对手的后方，以至于能打到的范围都在前半场，根本赢不了。因此，我必须在对手发现这一点之前定出胜负。

若是双打，我负责打前半场。一开始我会送球，把球打到前面的线，等对手将球挑回来，再赏对手一记杀球，让球落在对手的界线内得分。这么一来，对手只打到一球，比赛就结束了。由于对手是菜鸟，就算知道我的攻击模式，一时之间也无法反击。两三个回合下来，不悦之情明显写在脸上。从这时候起，我会将杀球改为网前吊球，一下子让球落在网边，一下子击出高飞球，对手的心情就会跌至谷底。虽然比赛结果怨不得人，我却经常有罪恶感。

旁观我姐打排球并成为正式选手，我从一开始就认为自己与运动无缘，打从心底放弃了。不过，看来羽毛球很适合我。教练不用手捡起地上的羽毛球，而是用球拍顶端轻快地将球捞起来，那动作好帅，我在家里的走廊上练习了好几个小时，总算也练成了那一招。

今年，我心想网球一样用球拍，应该没什么问题吧。基于这个单纯的想法，我选修了网球课。这门课相当难选，令人难以置信的是，学校居然用抽奖机筛选报名的学生，就是那种转动时会发出"咔啦咔啦"

声响的东西。所以，我也算是命中注定的"精英"了。但是，当我来到理工学院附近的球场，挥出有生以来的第一拍时，心想，我的妈呀！

当网球击中球拍面时，沉甸甸的根本打不回去。光是避免被球带着走，就使出了我吃奶的力气。这个圆形的淘气鬼压根儿不听使唤，砰砰地往错误的方向飞去。

念小学的时候，有一节工艺课的内容是"制作书架"，同学们一字排开使用小型电动线锯，大家压着木板，顺着画好的图案移动线锯。木片一掉落，木屑漫天飞舞，看似轻而易举。

一轮到我，我将黑线般的线锯抵在木板上画好的兔耳朵上，打开开关。突然间，木板因为震动而不停地抖动。我拼命压住木板，却怎么也控制不了，好不容易压住，却还是没办法顺着图案移动线锯。其他人明明不费吹灰之力，凭我的臂力就是控制不了，总觉得大家的目光通通集中在我身上，不禁羞红了脸。

多亏老师在放学后助我一臂之力，完成手工的部分，成品总算像样了点，但我忘不了那天的无力感与屈辱。

那种感觉回来了，令我心情黯淡。当时，我在精神上已经输了。尽管如此，我总认为习惯以后情况会好转，于是又上了几次课。然而，情况不见改善，我就是没办法把球笔直地击回对面的球场。

于是，不知是第几次上课的时候，我在那个时段漫步在神田的旧书街。从此之后，星期五的下午就变成了"没有课的时段"。

我搭乘地铁，坐在空荡荡的车厢里，打开中村真一郎[2]的《读书吉日》。我决定从今年一月一日起，尽可能一天看完一本书。我将一张活页纸贴在房间的书桌旁，写上看完的书名。不过，因为《安娜·卡列尼娜》（在今年二月花了一个星期才读完）也算一本，所以要实现目标相当困难。从家里到学校要花一个半小时左右，假如是《再会，契普斯先生》[3]，往返一趟可以看完六遍。如果进度落后，我也会读薄书来充数。

看完《安娜·卡列尼娜》的充实感无法言喻。就古典小说而言，若是读到诸如《安娜·卡列尼娜》或《贝蒂表妹》这类体量与质量俱佳的巨著，脑海中自然会浮现"小说中的经典"这样的感叹，这感觉和接触爱不释手的名著又有不同，我总是打从心底觉得活着真好。

至于看不懂的书，例如亨利·詹姆斯[4]的作品，由于其他地方找不到，所以我买了二手的文学全集

---

(2) 中村真一郎（1918—1997），日本著名小说家、文艺评论家、诗人。
(3) 作者为英国小说家詹姆斯·希尔顿（James Hilton），这本轻薄的经典名著有许多出自主角看似平凡，却一语中的、洞悉世情、历久弥新的佳句。
(4) 亨利·詹姆斯（1843—1916），活跃于英国的美国作家。

版，今年冬天看完了《罗德里克·赫德森》(Roderick Hudson)。坦白说，真的看得很痛苦。我几乎靠着意志力看完三段式排版的细小铅字，把良好的视力弄得有点假性近视。亨利·詹姆斯是地位如此崇高的作家，问题大概是出在我身上吧。如今升上大学，重读犹如出自神之手的利尔-亚当的《维拉》(Vera)，大为惊艳，高中时代却一点感觉也没有。

无论如何，我晚上就寝前一定会点亮床头灯，朝右侧身躺在床上打开书本，这就是我的"就寝仪式"（这个专有名词出现在一年级的心理学课堂上，我觉得它是个有点神秘的有趣字眼）。

这个时候，我的脑袋变得昏沉，于是伸手扭亮台灯，阅读书本。我没用过书签，只要用力盯着页数，之后不管是睡觉或是玩耍，下次再拿起那本书，我都能迅速翻到上次看到的部分。

一确认过页数就熄灯。因此，即使一页都没看，我也没有一天不打开书本。在黑暗中，我对着内心不特定的神明低喃：神啊，我今天也读到书了。

然后安然入睡。

3

我像在花园散步般，看完了《读书吉日》。我没有按照顺序，而是前后跳着看。举例来说，我看到利尔-亚当的全名是"Jean-Marie-Mathias-Philippe-Auguste, Villiers de L'Isle-Adam"时，不禁莞尔一笑，而看到报上针对"何谓忠臣藏[5]"进行鞭辟入里的反驳感到奇怪，却因"若是文艺评论，就不该追究内容是否正确"这句话而变得心情舒畅。

但在地铁转了一班车，读到对于法国作家利奥波德·肖沃（Léopold Chauveau）的《孤独的老鳄鱼的一生》的谈论时，我合上了书本。不知不觉肚子沉沉的，我闭上眼睛，渐渐睡着了。

如有必要，脑袋的某个部分似乎会保持清醒，我正好在平常下车的那一站醒来。

我一坐上私铁，这次马上闭起眼睛，不久又昏昏欲睡，醒来时变得更慵懒了。

车站内的楼梯上上下下，真是折腾人。我缓步走在沿着河川的路上，红蜻蜓忽然从眼前飞过。

"医生叫你五点半过去。"我一到家，母亲说道。

"哦。"

"不会说句谢谢吗？"

"谢谢妈。"我郑重地道谢，时间还很充裕。

---

(5) 歌舞伎中以赤穗义士的"元禄赤穗事件"为题材创作的作品。1703年，赤穗藩士大石良雄等四十七名武士，为了替前主君浅野长矩复仇，杀进仇家吉良义央的宅邸。然而，当时在江户城内严禁拔刀，幕府德川五代将军纲吉知情后震怒，命令他们四十七人切腹自杀。

喝了一杯茶，上了二楼，铺好棉被，脱下方格裙折好，换上睡裤。这身打扮不太能见人，上半身穿着衬衫搭背心，躺着发呆，说不定还有点发烧。真是屋漏偏逢连夜雨，船破偏遇顶头风。

我迷迷糊糊睡着了，一觉醒来已经是下午四点多，切身感觉日暮时分提早了。天空已不再是蓝色，而是变成了水蓝掺白的颜色。

我起床换上裙子，套了件毛衣。

下楼走进厨房，刷过牙并向母亲知会一声，便走出家门。

牙科诊所位于镇公所后面，远离大马路，所以很安静。我走着走着，一辆红色轿车正好驶入停车场，车停稳后，一名中年妇女下车，车门"砰"的一声关上，她还瞄了我一眼，然后快步走向大门。大概是想拿诊疗单吧。

我在柜台出示医保卡和上次的诊疗单，一看座位，只剩那女人的旁边有空位。她留着一头像是刚烫的卷发，眉毛经过仔细描绘，算是个美女吧——大眼、大鼻、大嘴，五官轮廓分明。

我在她身旁坐下。

早就知道医生看诊不会按照预约时间，通常都会晚一些。然而，今天是我强行插队，不早点来实在过意不去。现在才五点多，看来有得等了。

我不太会带书去诊所或美容院，大多是看店里提供的杂志,于是获得了一些流行信息,像是"主演《黑眼睛》(Oci Ciornie)的马切洛·马斯楚安尼[6]果然演技精湛"或"缩小腰围强调身体曲线的风潮,也快要不再流行了"等等。

然而,我今天只是默默靠在乳白色椅背上,时而用舌尖顶着牙齿的洞。

难得没有高声尖叫的儿童,候诊室宛如湖底般悄然无声。不时有人被叫到名字,然后消失在门的另一端,而新病患以相同的数量上门。

秋日的夕阳西沉得快。我从大片窗户望向屋外,夜色已悄然来临。

不知是第几十次用舌头刺激牙齿,一阵剧痛传来,痛得我皱眉,此时,身旁的中年妇女对我说:"你好……"

我眼神放空,刚刚那会儿看见她唰唰地翻阅从一开始就堆在膝上的一沓女性杂志。

她好像很快就看腻了,将杂志放回柜台旁的收纳柜,然后看到一名高中生走进来,连忙回到座位上。

(高中生一出示完诊疗单,马上站在窗口旁开始背诵英文单词。大概是快考试了吧。)

接着,中年妇女拿出像是文化中心的课程简介,又唰唰地翻阅。不久,她也将那东西收了起来,一副

---

(6) 马塞洛·马斯楚安尼(1924—1996),意大利国宝级演员。

无所事事、闲得发慌的样子。

然后,她出声跟我攀谈。

再也没有比在无处可逃的地方,被身旁的陌生人搭话更痛苦的了。当然,如果对方问的是一两个无关紧要的问题倒也无妨,万一对方是多嘴男或长舌妇,下场可就凄惨无比。这种情况,通常得一边察言观色,一边随声附和,秉着日行一善的精神提供免费的聊天服务,简直没完没了,最后弄得自己筋疲力尽。

说到理发店,也是因为理发师不会找我聊天,所以我才挑了现在常去的那家店,剪发技术对我而言倒是其次。

更何况我今天身体不适。

我像只被老虎盯上的小白兔,畏畏缩缩地应道:

"是……"

"你是从镇公所那个方向过来的吧?"

毕竟是来看牙医,她没有涂口红,不过嘴唇还是很漂亮。唇角左边有颗黑痣,看起来就是一副三姑六婆的模样。这种人在女子高中的每个班级多少都有一个。

"是。"

"你家住在公园附近吗?"

镇公所前面和住宅区中间有座小公园,公园里附设秋千、滑梯以及河马、熊猫、长颈鹿等儿童游乐设施。

"倒也不算近……"

"算近啦！"她对公园相当执着。

"嗯，是啊。"

不知道怎样的距离算近，但我怕再争辩下去会很麻烦，于是这么回答。然而，这位黑痣小姐接下来说的话有些不寻常。

"既然这样，你看过……小红帽吗？"

4

"什么？"

我霎时忘了牙痛，反问道。黑痣小姐压低音量接着说："我上个星期看到她了。"

话题变得越来越莫名其妙。如同字面上的意思，我惊讶地频频眨眼。这人是不是脑袋有问题啊？脑中甚至掠过这个想法。

"你不知道吗？"

她兜着圈子说道。似乎知道这件事，让她下意识产生一股优越感，仿佛在掌心里转珠似的引以为乐。不过，那是什么？我感到好奇。

"这么说来，那件事大概不太出名吧，不过是件怪事。"

"嗯嗯。"

"那公园旁有户人家姓森长。"

"是的。"

"你知道吧,那户人家有个名叫夕美子的女儿,初中和高中都和我念同一所学校,而且六年内我们同班了三次。"

若是森长家的夕美子小姐,我也很清楚。

那时候我还没上小学,所以事隔久远,如今的那座公园,在当时还是一块农田。春天,那块田种满了小麦,在孩子眼中,什么东西看起来都很大,我当时觉得小麦有玉米那么大。明知田地禁止进入,我们还是像跑进桃花源的渔夫一样在田埂上行走。小麦青涩的气味从两侧熏染着我,轻拂肌肤的微风,被层层小麦屏障遮蔽,完全吹不进麦田。我一再擦拭额头的汗水。

当时,前方忽然传来一阵仙乐般的美妙旋律。

是钢琴声。

我在原地呆立良久。不,或许"吓呆了"这种说法比较接近。一种类似恐惧的快感流经背脊,仿佛这世上只剩下自己和那个声音。

过了一会儿,我像是被绳索拉动般,拨开小麦叶片,在深棕色的小径上举步前进。

顿时觉得视野豁然开朗,眼前有一道围墙,底下有三分之一是水泥砖,上层是铁丝网,那音乐来自围墙另一边的屋内。我伸手够到了铁丝网。虽然不记得具体是什么了，但我想那里应该是有块脚踏板之类的东西。我毫不费力地爬上水泥砖，攀着铁丝网站稳，这时候正好和屋内弹琴的人对上了眼。

老实说，我爬上来与其说是为了偷窥，倒不如说是被琴声吸引，人不知不觉就在那里了。所以，当我看到弹琴的人，竟然自乱阵脚，不知如何是好，就算想逃也动弹不得，我简直像只挂在蜘蛛网上的小蝴蝶，以这种姿势站了好一阵子。

这期间，那个人笑眯眯地朝我走过来，打开窗户。

我仍然攀在铁丝网上说了声："你好。"

记忆中，有些部分像汪洋般缺了一大块，有些部分像是轮廓清晰的小岛，当时的情景异常鲜明。

那个人就是森长家的夕美子小姐。

她留着一头柔顺的长发，眼角微微下垂，眼神很温柔，从眼角到脸颊有一道八字形的皱纹，或者该说是线条格外明显，使得她的双眼看起来更惺忪。

"你好。"夕美子小姐也微笑道，然后问，"你刚才在听我弹琴吗？"

我点点头。

夕美子小姐坐回钢琴前，从头再弹一遍。这次窗户开着，我得以徜徉在琴音的律动中。

我侧耳倾听，觉得房内挂的那幅绿色的画好美，虽然不晓得画的是什么。接着，我看到画架上有一块画到一半的画布，以及地上随处散放的颜料盒，内心感到激昂澎湃。

那是十五年前的事了，仔细想想，夕美子小姐当时正好是我现在的年纪。

夕美子小姐弹完之后，告诉我那首曲子叫作《月光》。不知为何，我并没有把这件事告诉任何人。所以，在我上了中学之后，才知道那是德彪西的名曲。

5

"高中毕业后，好久没和她联络。不过，我跟她还真有缘。"黑痣小姐接着说，"那是好久以前的事了，我女儿当时在托儿所上课，她们班来了一个新同学。我瞄了那孩子一眼，总觉得长得好像谁，心里正纳闷着，接下来那几天都是外子去接孩子，所以我就忘了。后来，有一天在托儿所门口和森长小姐不期而遇。喏，那个人……"

她压低音量。

"离婚了吧！"

听说她嫁到关西，一两年后又搬回娘家，父母后来相继去世。

当时，我已经升上了小学高年级。

每当父母提起夕美子小姐的事，就会同情起她的际遇。我虽然对详情一无所知，但一想到那个看起来拥有自己世界的温柔女人遭逢不幸，就连身为孩子的我也会觉得悲伤。那份悲伤包含了对等待自己的未来以及活着的恐惧。

从此以后，夕美子小姐和女儿相依为命地住在那栋房子里。

她好像在哪家公司上班，我不清楚她拿了多少赡养费，不过前夫应该也会付给孩子一些教育费吧。

我曾经在傍晚的超市遇到夕美子小姐牵着女儿正在购物。我只是从远处看着她们，并没有出声叫唤。

后来，我都是从母亲的口中得知她的消息。据说三四年前，她的绘本还得过奖。我真是有眼不识泰山，当时才知道夕美子小姐毕业于美术相关的大学，并出版过几本绘本。

我马上跑去书店找书，不过并没找到，那些书大概不是大型出版社出的，但是我很想看，所以请书店代为订购了。

那幅《睡美人》的画，基调是带有森林绿的绿色。我蓦然想到，当时被琴声吸引从窗户偷窥时，夕美子小姐的房间内不就是这种颜色吗？

"森长小姐得赚钱养家，于是把孩子送到托儿所。我家是因为外子勤快，女儿又得父亲疼爱，所以父女俩三不五时地会一起外出，我倒是乐得轻松。就这一点来说，森长小姐除了工作还得做家事，光是想想就觉得她很辛苦。"

黑痣小姐述说同学的往事。

"唉，她的小孩现在上了小学，情况大概略有改变吧。噢，对了，她女儿念小学时也跟我女儿同班。三年级之前托托管班照顾，这两个孩子也都在一起。你看，这么一来，我们还真有缘吧！"

"嗯。"

"我们两家住得远，两个孩子却经常玩在一起。然后啊，前一阵子的某个星期天，孩子的学校举办运动会。九月以后的天气一直不太稳定，我还担心办不成呢！"

"真的呢。"

实际上，今年秋天经常下雨，不带伞出门的日子寥寥无几。

"外子由于星期一休假，所以尽说些风凉话，什么星期天下雨也无所谓，反正可以顺延。我在去年就把工作辞了，所以星期一的话全家人都在。这种风凉话，别人听起来会很困扰吧。但是，我跟你说哦，星期天上班准没好事，家人深受其扰。"

"是吗？"

"是啊。"

"可是，听你刚才说的，你先生经常带孩子出门吧？"

黑痣小姐面露苦笑："他是在赎罪，利用傍晚和假日补偿。因为他的工作地点离家不远,所以平日下班也能回家吃晚饭,不过星期天就不行了。"

她好像在说一部老电影的片名似的。

"他是这么想的,反正隔天放假,所以尽情玩乐,回到家几乎都半夜了。"

"那……"我把话题拉回来,"运动会呢?"

"办啦。女儿的外公、外婆,也就是我爸妈从东京赶来,一起替她加油。森长小姐早上也来了,真是太好了。不过,当天地面上有点积水,在进行团体表演时,我女儿站的位置就是撒过沙子的积水区。她在那里又躺又爬,把运动服弄得脏兮兮的。"

脏不脏不重要,重点是小红帽到底怎么了?

"不过,我女儿赛跑得了第一名哦。外公、外婆看到外孙女大显身手,简直乐翻了。我们还在加州风的洋食餐馆吃饭,外公、外婆说要带她去东京玩。星期一学校补假,我女儿想去后乐园,所以起得很早,我替她准备一些简单的换洗衣物,就让我爸妈带她回去了。"

门倏地打开,护士呼叫下一名患者,并不是黑痣小姐,我松了一口气,既然都听到这里了,会想听到最后是人之常情。

"祖孙三人离开以后,我一个人在家。好不容易放晴的天气又开始转阴,后来还下起雨。我在家闲得发慌,忽然想到,何不去拜访一下森长小姐?正好我有一个朋友想自费出书，如果能拜托森长小姐画封面，那是再好不过了。你知道吗？她画得可好了。"

我心头一怔。夕美子小姐的画作有自己的个性，也是她付出一切所创作而成的。黑痣小姐虽然是她认识多年的朋友，但只因心血来潮就拜托人家做这种事，也太不识相了吧。

"我到了她家，她正好吃过晚餐。我一面帮她收拾，一面东扯西聊，但画封面一事她委婉地拒绝了。我想，她大笔一挥，两三下不就画好了吗？这点小事也不肯帮忙，真是的。"

黑痣小姐一脸不悦，仿佛在说：实在搞不懂她干吗那么小气。我无言以对。"不过，唉，撇开这件事不提，边喝茶边聊往事倒是很愉快。"

"你先生呢？"我忍不住发问。她先生回到家发现没人，大概会吓一跳吧。

"哎呀，森长小姐也问了同样的问题。"她咻咻地笑了，"我想可能会晚归，所以把大门钥匙带着。当然，我事先在厨房的餐桌上留了一张字条，写下女儿和我的去处。"

"嗯。"

"我也跟森长小姐说了。外子大概不担心我，但是会挂念女儿，而且星期天他都到半夜才回来。结果，这一次他偏偏提早回了家。"

这种事情经常发生。没有预习功课，偏偏被老师点到名。

"这人很任性,还打电话到森长小姐家大发雷霆,说要听听女儿在运动会上的表现,要我早点回家,怪我怎么没想到他会提早回家。你不觉得他很无理取闹吗?"

我发出了不知第几个不置可否的"嗯"。

"这件事说来奇怪,正好在我借用厕所的时候,森长小姐为了缓和气氛,说起了小红帽的事。"

终于要讲啦?我注视着她那唇角有点上扬的嘴唇。

6

"厕所在楼梯后方,靠近玄关,森长小姐把我带去那里,她也顺便整理鞋柜。后来电话响了,由于电话柜摆在玄关,就算我不想听也会听到。"

那语气有点像在辩白。

"她一接起话筒就说:'是,她在。'我听到这句话就知道了,她还提到运动会,说:'幸好当天没下雨,不过后来下起倾盆大雨。'接着,她像自言自语地说:'照这个情形来看,小红帽今天大概也出不了门吧。'任谁听了都会觉得匪夷所思吧。接着,她又说:'啊,小红帽最近每个星期天都会出现。'然后,叽叽咕咕地不知道在解释什么。奇怪，她在做什么？我从厕所出来接听电话，不管外子正在抱怨或在说等一下要出门吃饭，我都心不在焉，一心只在意小红帽的事。"

我也认真地点点头，情况渐入佳境。

"我一挂电话，马上到厨房问她。然后，她告诉我，她是在八月发现小红帽的。听说她家二楼的窗户正好对着公园里的长颈鹿，每到星期天晚上九点，那只长颈鹿前面一定会出现一个小女孩，好像一块化石站在那里大约三十秒，然后就消失了。"

那正是童话故事会出现的情节。我问了一个很实际的问题："会不会是补习班的孩子，下课后在回家的路上跑去公园呢？"

我经常在很晚的时间遇到结伴回家的小学生。如果是同一天的相同时间，不就有这种可能吗？

"可是她是一个人，而且在那种地方。假如是下课后在回家的路上，我实在不懂她为什么站在那里不动。"

这倒也是。对了，我还没问到重点。

"小红帽是指……"

"哦，听说那孩子总是穿红衣，有时候是红裙，有时候是红罩衫，总之身上一定有红色，所以森长小姐才叫她'小红帽'。"

说到这里，黑痣小姐压低声音。

"我也不是特地等那孩子出现。但是，就在我们闲聊之际，猛一回神正好快九点……"

她的表情好像要开始讲鬼故事。

"我们蹑手蹑脚地上了二楼的房间。听说那房间原本是她父亲的书房，里面有大书柜和大书桌，书桌对面的绿色窗帘是拉上的。森长小姐说：'哎呀，今天会不会出现呢……'趋身向前拉开窗帘，眼前确实是那座公园，路灯散发出细长的光线，就像女生的裙摆般落了一地，唯独那里的雨看起来是银色的，在银色大雨中，小长颈鹿茫然地抬起头，淋成了落汤鸡，然后啊……"

黑痣小姐故意顿了一下，对我眨眨眼，然后慢慢说："果然有个小女孩站在那里。"

我默默以眼神催促她。

"公园里到处都是水洼，好像一只只大盘子，雨势相当大。她站在那里撑着透明雨伞，侧身对着我们一动不动，略微低头。我很清楚地看到雨水在她的伞面上跳动。"

"那……她身上穿的是？"

"雨衣啊。鲜红色的雨衣。"

如果是雨衣，应该附有帽子吧。这么一来，岂不是名副其实的小红帽吗？

我正这么想时，仿佛等候已久，尖锐的唱名声连续呼叫了两个名字，一个是我，另一个似乎是黑痣小姐。她在呼叫声结束前,像在说"先走一步"似的迅速起身,朝诊疗室走去。

我一进去,室内并排着三张诊疗椅。

"来,这边请。"

我依言坐上右边的椅子,躺了下来,盯着白色天花板。"怎么了?"以这句话为开头,接下来的那段时间并不快乐。我闭上眼睛,交握的双手放在腹部,机器发出令人毛骨悚然的声音。我反复思考,哪一出戏会出现女孩子哭喊"牙好痛!牙好痛!"的情节,但这个问题在脑袋里空转,我根本找不出答案。

"放轻松。"

我的身体似乎变得很僵硬。

诊疗结束时,黑痣小姐已经不在了。

外面一片漆黑,我抄近路穿越一条没有路灯的小巷,树影看起来好像魔女。我一回到家,只喝了一杯热牛奶,马上就上床睡觉了。发烧和疲倦感变得更严重了。睡一觉应该会好一点吧。我这么想,于是闭上了眼睛。

梦中出现一个身穿红色雨衣的小女孩,侧身站着,她的脸被帽子遮住。

为什么?你为什么会出现在我梦里?

我好像在黑暗中,淌着汗反复问道。

7

隔天是星期六，我发烧到三十八度，所以没去学校上课。

由于白天的天气太好，我穿着睡衣走到院子里。阳光并不炎热，暖洋洋的很舒服。原来已经到了这个季节。

"嗡"，一只大蜜蜂飞来，我吓了一跳，缩起身子，蜜蜂一副"谁理你啊"的样子，光明正大地穿越围墙飞去。正这么想着，又看到蝴蝶在柔和的光线下飞舞，红蜻蜓鼓动着翅膀。

我们还活着。

来谈谈彼此的认知吧。前一阵子，我和好友小正聊天，她以"你爱的人不爱你这种常见的不幸"来形容不幸。当时，我正好带着马尔西利奥·费奇诺[7]的《柏拉图式爱情》(De Amore)，所以这么说："可是也有人说，你爱的人不爱你，就等于死了。"我对于这种心境，大概也抱着略微复杂的憧憬。

但是，小正却轻易推翻了这个观点。她说："笨蛋，死不就是最常见的不幸嘛！"

我摊开父亲买的折叠木椅，怔怔地望着庭院发呆，然后回到了房间。

---

(7) 马尔西利奥·费奇诺（1433—1499），意大利文艺复兴时期最具影响力的人文哲学家之一，率先将柏拉图的所有作品译成拉丁文，同时是新柏拉图主义学派的著名学者。

我在床上滚来滚去，一整天都在看书，在症状恶化之前退烧了。到了晚上，感觉轻松多了，肚子也舒服许多。

不过，生病倒是有一个好处。

"早安。"

星期天早晨的厨房。

我穿着睡衣，一脸轻松地走进厨房。父亲吃完早餐坐在椅子上，罕见地拿着早报里夹的邻镇超市的广告传单。

秋季女装大拍卖！
买到赚到超级大特价
名牌衬衫通通15000元

我从父亲身后经过，偷瞄传单上的文字。这是平静的一天。

母亲在院子里晾衣服。我没看到姐姐，她一定盛装打扮，跑去哪里玩了吧。

父亲叫我。

"怎么啦。"

我左手拿着红茶罐，右手拿着汤匙，朝父亲的方向看去。

"好一点了吗？"

"嗯。"

我面露微笑。父亲那双和我一模一样的眼睛也笑得弯起来，父女俩仿佛照镜子般。看到他笑，我也开心，拿着罐子和汤匙，靠着厨房台面。

"天气真好。"

温暖的阳光和昨天一样，从打开的铝门窗照进来。不知哪里传来阵阵鸟鸣。

"嗯。"

父亲望向庭院，又将视线移回我身上，然后有点不好意思地说："你的衣服够不够？"

我知道父亲想说什么，这时候的他看起来很可爱。

"还好。"

"你姐在你这个年纪，要我买了不少衣服给她。"

"爸买了书给我。"

这是我的真心话。毕竟我很幸运，从来没打过工，因此和姐姐不一样，大学生活完全仰赖家里。

"买件衬衫给你吧。"

大概是女儿生病，激起了为人父的本能吧。

"带我去买吗？"

"嗯。"

我用汤匙轻轻敲了一下红茶罐："真高兴。"

父亲露出害羞的表情，然后稍微喝了一口冷掉的茶，若无其事地说："你还没开始化妆吗？"

"我还是学生嘛。"

"你姐……倒是经常化妆啊。"

姐姐是一个走在路上会让路人忍不住回头的大美女。如果在全年级的成绩是第二、三名,自然就会想拿第一名,这一点也不稀奇。人就是这样吧。当然,如果仔细看,身为妹妹的我也长得很可爱啦。至少,我自认为如此。

"是哦。"关于姐姐的事,我装傻略过。

"你都快二十岁了吧。最好跟姐姐学一下怎么涂口红。"

骗人。撇开一般人不提,这绝对不是父亲的真心话。

姑且不论拿母亲的口红涂着玩,姐姐第一次化妆是什么时候?我记得一清二楚。那是高二那年的秋天,她说要参加文化祭表演。只有我知道,父亲当时的表情从未在姐姐和母亲面前出现过。

我们来讨论一下"意志"吧。

就算父亲真心允许,我死也不肯涂口红。

8

父亲买了一套千鸟格纹双扣套装给我,那颜色远看像土黄色,相当朴素。

话说,星期天还发生了另一件事。晚上八点半左右,我开始坐立不安。这是理所当然的。我套上夹克,对母亲说"我去书店马上回来",她一脸错愕。我听见母亲在背后说"何必现在去呢",我连说两次"马上回来",便走出家门。那天晚上,天空中的星星很少,我握着自行车冰冷的把手走出院子,目的地当然是那座公园。我骑到公园前下车,悄悄地扶着自行车经过,秋千、熊猫和长颈鹿的影子简直像是一张张剪纸,在灰白色的地面上拖得很长。公园里没有人,我一看手表,正好九点。

我出门前告诉母亲要去书店,所以还是走进了书店。母亲并不会跟踪我,这只是我对自己的交代。

高中时期根本没想过会在这种时间走进附近的书店。去年冬天,一家影碟出租兼台球馆、书店的休闲中心在国道沿路的加油站旁开业,营业时间到深夜。加油站的另一边是镇公所的宽敞停车场,国道另一边有家蜂蜜蛋糕工厂。特别像是今晚这种暗夜,在称不上多姿多彩的暗淡景色中,闪烁的霓虹灯就像魔界之城的记号。

(小红帽怎么了?)

我浏览着一排排文库本的书背,心里这么想着。那种剧情不可能是黑痣小姐编出来的,细节未免交代得太清楚,绝非随口胡诌的剧情。既然如此,小红帽今天为何不出现?

我回家后,除了"为什么会出现小红帽",好像又多了一样功课。

不过,下个星期天我没去公园,因为我收到了圆紫大师寄的个人表演邀请函。

我们在藏王告别时,圆紫大师写了联络方式给我,表示小雪寻母若有什么进展,要我写明信片告诉他。后来小雪顺利与母亲重逢,我只匆匆写了一封短信告诉他。结果他寄了十月的个人表演邀请函给我。空白处写着:"如果方便的话,请告诉我那件事"。名震天下的红牌落语大师如此拜托我,我也备感光荣。

我收到这张明信片,心想自己写短信给圆紫大师的用意,说不定是下意识希望能有再见面的机会。

明信片上写着:"你来的时候我会把位子准备好,麻烦事先跟我联络。"大概是避免保留毫无意义的空位吧。我打电话过去,是一个女人接的,对方记下我的姓名,并说:"那么恭候大驾。"感觉真好,总觉得自己俨然成了贵宾。

于是,我决定穿上那套新装去亮相。

9

演出会场在滨松町的寿险公司大楼。我平常不会在这一站下车,此时,我就像在峡谷中穿梭的旅客,在林立的大楼中前进,然后抵达了地图上标示的地点。

我在服务台报上姓名,服务人员把入场券、简介及圆紫大师写的字条交给我。我赶紧打开一看,字条上以清秀的字体写着"我会在表演结束四十分钟后,到前面那家咖啡店。你如果方便的话,请务必过来一趟"。语气显得过意不去,大概会迟到吧。他的时间确实卡得很紧,就算我们能交谈也只有一个小时的时间。但我无论如何都想和圆紫大师说说话,于是毫不犹豫决定赴约。

我举步前进,这栋大楼很新颖,宽敞舒适、装潢华丽。如果在奶茶色椅子上打个盹儿,那椅子撑着身体应该很舒服。地毯也一尘不染,简直可以直接坐在上面喝茶。

我坐在第三排正中央的"好位",打开今天的简介。

开头的"独眼国"三个字,令我一阵揪心。

圆紫大师表演的《独眼国》有一种看皮影戏的况味,令人又爱又怕。

> 话说,街头卖艺的老板听说有人看到一个独眼女孩前往北方。果如传言,老板发现那女孩正在平原上,正想带她回去时,四周突然出现一大群人,把老板抓住,将他押到衙门,命令他抬起头来。老板一抬头,看到

四周群众都只有一只眼睛。此时,判官发现老板有两只眼睛,便说:"待会儿再审,先带他去游街示众!"

圆紫大师好像把这个段子的重点放在"另一个世界的存在"上。

胡枝子、葛花……一面列举秋天七草[8],一面踏进平原的场面也很棒。然而,令我印象最深刻的,就是进入"独眼国"城镇的情节。老板被众人押着,一面四处张望,屋顶、柱子、墙壁并无任何特殊之处,看不出哪里不同。尽管如此,鳞次栉比的房屋确实不是这世上的产物。

我看到这里便感觉背脊升起一股寒意,不知圆紫大师是否想以这个段子吓唬观众。剧情虽然淡淡地平铺直叙,不过我看到这里便觉得毛骨悚然。

不久,连增设的座位都坐满了观众,表演会从《独眼国》开始。这次,我在不同的情节打了一阵哆嗦。

一个女孩站在平原上,下半身被芒草遮住,身穿红色和服。

---

[8] 秋天七草为胡枝子、葛花、瞿麦花、女萝花、兰草、桔梗和狗尾草。

小红帽

10

我还在担心圆紫大师能不能在四十分钟后脱身，没想到他在表演结束后四十分钟准时推门进来，穿着一件与舞台风格不同的浅蓝色夹克。他找到我，对我微微一笑。

"抱歉，强人所难……"

"哪里。"

圆紫大师点了杯热可可，顺手将烟灰缸挪到一旁。说到这个，我没见过他抽烟。

"夏天过后就没再见面了吧？"

"是啊。"

"今年秋天来得早，看来冬天也会提早报到。"

我听着一般性的季节问候，仿佛做梦般想起了藏王的夏日阳光。早晚温差大，天气真的开始变冷了。

"昨天，我在电车上遇到高中同学，听说他在仙台念大学，因为有事，所以周末回来一趟。他说在那边如果没有毛衣根本活不下去。"

"原来如此。"

然而，我们没有太多时间闲聊。我马上提到在藏王的停车场拍到小雪和她母亲的车。

"结果，在查到对方身份的同时，小雪的母亲也跑去报警了。据说她先生和职场上的年轻女孩……"

我稍微垂下目光，服务员送来热可可。

"于是，她先生除了逼她签字离婚，还差点抢走孩子，她已经走投无路了。在那天之前，她心想唯有自杀一途，但在离开小雪之后，她马上发现自己没办法丢下孩子自杀。"

我把书信交给圆紫大师。收件人是庄司江美小姐。当然，她现在也上了大学，所以人在东京。因为我会与圆紫大师碰面，所以江美把这封信交给我保管。

"可以看吗？"

"嗯。"

这封信是小雪的母亲写的，约有三张便条纸的分量，不怎么厚，包含道歉在内，冷静而简洁地提到了至今的心路历程与往后的决定。

　　愚昧的我终于明白自己该走的路。我已能向前迈进，不再被任何挫折击败。

最后以此作为结尾。这段话不是写给我们这种没有人生阅历的小女生的，大概是她的自我鼓励吧。

我不能说"太好了"，毕竟站在旁观者的立场，实在没有心情随口说这种话。然而，我隐约看到小雪在漫长的人生阶梯往上爬了一级。

圆紫大师看完以后，小心翼翼地折好信纸。这个动作隐含了他的情绪。

店内轻声播放的音乐似乎是莫扎特的曲子。

圆紫大师把信还给我,我小心地收起来。接着,我抬起头,像是转换乐曲似的说:"我买了这个。"

我用左手拎起套装领口,语气像个跟老师报告的学生。

圆紫大师微微一笑,肯定是在看自己小孩未来的模样。

"不过是特价品。"

"很好看。你发现它的时候,一定觉得'太棒了'吧!"

"是啊,太棒了。"

圆紫大师拿起热可可喝,看起来好像很温暖。

"拜病倒所赐。"

"哦?"

"我生病发烧,我爸买给我的。"

"哎呀,没事了吗?"

"嗯,烧完全退了。"

圆紫大师偏着头:"还有其他毛病?"

"牙齿正在治疗中。"

"哦……"圆紫大师的手自然伸到嘴边,"那真痛苦。"

我扑哧一笑:"还没完呢。我是《七段目》里的平右卫门,'接下来还有天大的病痛等着我'。"

圆紫大师配合我随便的语气,也说:"那你满目疮痍了嘛。"

"对，我是个满目疮痍的女大学生。最后一个是心病，想请圆紫大师治疗。"

"要我替你治疗？"

"是的。"

"我又不是医生。"

"不，我刚才说的心病，是'百思不得其解病'。能够替我看病的只有圆紫大师。"我认真地说道。

"是不是又发生了什么怪事？"

"是的。"我瞄了一眼手表，九点半，"可以说吗？"

"请说，请你务必告诉我。"

"我刚才提到小雪的事，其实在我家附近也有一个离了婚、和女儿相依为命的母亲。"

我把自己和森长夕美子小姐的相遇，还有黑痣小姐说的故事巨细无遗地讲了一遍，在脑海中重现经历或读过的书本内容，是我的拿手绝活。好几次，我看过圆紫大师从毫不起眼的线索中找出答案，好像神奇的炼金术师。所以，我试着不遗漏任何一个不起眼的细节。

"怎么样？"

"这个嘛。"圆紫大师答得很暧昧，优雅的手指下意识地抚摸桌面。

"您知道小红帽的真面目吗？"

大概会以什么具体形态出现在圆紫大师的脑海中吧。我盯着他那张人偶般的鹅蛋脸。圆紫大师缓缓开口说:"小红帽,应该有三个吧?"

我原本做好了心理准备,无论圆紫大师说什么,我都不会惊讶,不过这句话令我语塞。

"现在是最后的点餐时间,请问还需要什么吗?"一个体形瘦长,有点像年轻武士的男服务员一面在水杯里加水,一面快速地说道。这家店快打烊了。

"嗯,不用了。"圆紫大师温和地回答,男服务员说了声"打扰了",便走到别桌,同样快速地重复同一句话。

三个?正当我想反问时,圆紫大师先提出问题:"只有这些线索吗?"

我不知所措,不懂圆紫大师为什么会说这种话。

"是的。"

"这样啊。"圆紫大师失望地说。

"怎么了?"

"没什么,你刚才说那位森长小姐在画绘本吧?"

"是的。"

"说不定她也画了'小红帽'。"

"啊!"我轻呼一声,完全没想过这种事。

邻桌正在用笔记本电脑办公的客人站了起来,店内的客人渐渐散去。

我畏缩地问道:"这有关系吗?"

"不知道,如果出版成书,我倒是想看看。"

"我没仔细调查,不过我手上有《睡美人》和

《白雪公主》。这两本都出自《格林童话》，我想森长小姐很有可能画《小红帽》。"

"原来如此，如果有的话，马上弄得到吗？"圆紫大师露出小孩子找到失踪玩具的表情。

"如果跑一趟神田附近的大型书店，应该没问题。要是找不到，再去问问出版社。"

"可以请你找找看吗？"

"当然。"

"为了表示感谢，改天请你吃饭吧。"

"这样我反而过意不去……"

"不会不会，我会挑一家便宜的店，你不用担心。"圆紫大师笑道，"学生星期天比较有空吧。我正好下星期天傍晚之前有空，方便吗？"

"可以。"

"你今天晚餐吃的什么？"

"中场休息时，我在大厅吃了大阪寿司便当，那是我在半路上买的。"

"哦！"

"我原本想坐在位子上吃，但是主办单位禁止。"我有点怨恨。

"真是不好意思。"

"幸好在大厅吃东西的人不止我一个，要是一个人就太丢脸了，更何况我穿的是套装。"

"是吗？"

"嗯,当时我真的觉得穿错衣服了,要是穿牛仔裤就好了。"

我们约定了下周见面的地点和时间,便离开了咖啡店。车站前的高楼大厦以夜色为背景,显得格外雄伟。

11

隔天,我一放学就跑去神田的书店。

万一找不到,我打算打电话问出版社,于是也记下了替夕美子小姐出书的月草出版社的电话。然而,我格外轻松地在绘本区找到了《小红帽》。

这是一本 B4 开本的书。我一看出版时间是今年七月,还很新,所以才能轻易买到吧。不过,《睡美人》和《白雪公主》都找不到了。看来若非大型出版社的作品,超过某种时限的旧书就很难找到了。

我原本想找家咖啡店,好整以暇地看书,但是碍于现在处于经济拮据的非常时期,所以决定省钱。我和平常一样走到秋叶原,使用月票搭乘日比谷线。

我在车厢里坐下,一副准备就绪的样子,拿出了《小红帽》。

这个故事果然也出现了森林,无论是"森林"或"月亮",据说在日本与在西方所代表的意义有相当大的出入。日本的童话故事中会出现山,而森林大概不像西洋童话故事那般充满了神秘与恐怖的感觉吧。

夕美子小姐姓森长,纯属巧合,但是替这本书增色不少的,确实是带有森林绿意的深绿色,令我不禁想称之为"夕美子的绿"。

话说,《小红帽》的第一页画了一个提着篮子的小女孩。

很久很久以前,
有一个戴着红头巾的可爱女孩。
有一天,小女孩的妈妈说:"小hongmao,替妈妈带瓶葡萄酒给外婆。"
"好。"

我在书店翻阅时,隐约觉得这故事和之前看过的不一样。不过,说到夕美子小姐,我只会想到"画",所以不太在意文字。但是像这样仔细阅读,就会发现这本书的文字不像《睡美人》那么规范。好比说,"小hongmao"(绘本采用这种形式。为了方便与本事件的"小红帽"有所区别,所以用这种形式表示)在回答之前的说明,以及后来"小hongmao朝气蓬勃地出发了"的叙述都没有。

接着翻页,一整页都是"夕美子的绿",是俯瞰森林的画面。可以看到在森林里行走的小红帽的肩膀，万绿丛中一点红，突显她的存在。而她的右前方有一块像是被斜切的岩石，岩石后面露出一只野兽的脚。文字叙述仅仅一行。

　　啊，大野狼！

这与至今看过的版本明显不同。
我又看了一次封面，在惊讶的同时也觉得难怪如此。

　　图／文 森长夕美子

话说，《小红帽》接下来的剧情是这样的：
大野狼比小hongmao提早到了外婆家。但是门上了锁，外婆不在家。大野狼从烟囱钻进屋内，把门打开，戴上外婆的睡帽躺在床上。这时，毫不知情的小hongmao来到了外婆家。
于是展开了有名的对话。

　　小hongmao偏着头。
　　"外婆的耳朵为什么那么大？"
　　"那是因为想听清楚你说的话啊！"

棉被与睡帽之间，露出了竖直的毛茸茸咖啡色的耳朵。下一页，小hongmao大胆地盯着床铺。

"外婆的眼睛为什么那么大？"
"那是为了把你看清楚啊！"

小hongmao也睁大眼睛，眼神充满了强烈的好奇心。下一幕场景，小hongmao被棉被底下伸出来的大手抓住，好像很痒的样子。

"外婆的手为什么那么大？"
大野狼压抑内心的兴奋。
"那是为了抱你啊！"

下一页，大野狼的獠牙几乎碰到小hongmao的脸。小hongmao天真无邪地将小手伸向大野狼的嘴巴。

"外婆的嘴巴为什么那么大？"
"那是为了——"

此时，视点逐渐靠近，从全身、四分之三的身体、半身到脸孔。翻页之后，是大野狼占据一整页的嘴巴，书页四周镶满了獠牙。小hongmao仿佛被吸进突然张开的血盆大口中。这一页的文字大得吓人，以黑色为背景，放上金属效果的金银红蓝黄色的大理石纹路字体。

"把你吃掉啊!"

12

小hongmao在大野狼暗无天日的肚子里很生气。不久,她听见像风一般的呼噜声,那是打呼声。原来是吃饱的大野狼睡着了。小hongmao微微一笑,从口袋里掏出百宝袋,拿出树叶、糖果以及可爱的裁缝工具。

小hongmao用一把小剪刀,咔嚓咔嚓地剪开大野狼的肚皮,然后将五颜六色的石头塞进张着大嘴、呼呼大睡的大野狼的肚子里,再不留痕迹地缝起来。

一觉醒来的大野狼摸了摸肚子,皱起眉头。

"总觉得肚子不舒服,
难道这女孩有毒吗?"

下一幕场景是大野狼一脸窝囊地蹲在地上吃草。

大野狼因为肚子不舒服,只能吃草。
森林里的动物们总算放心了。

最后一页和开头一样,小hongmao朝正面站着。

后来,小hongmao开始小心大野狼,
大野狼也开始小心小hongmao。

当然,书中有许多部分与《格林童话》不同。

夕美子小姐笔下的小红帽并没有一直待在大野狼的肚子里,也不是被猎人救出来的,而是一如文字所述,凭着自己的力量走出一条路。这应该是夕美子小姐特地提笔的原因。

此外,小红帽用剪刀破肚而出。仔细想想,剪刀和针线这些工具都是象征女性的物品,小女孩使用这三种工具和大野狼对决也不奇怪。

再说,有些人明明不值得尊敬,却不时对"站在女性立场的人"表现出强势的态度,或者藐视对方,故事结尾大概也在讽刺这种人吧。

不用说,这是我的解读,大概不同于孩子们对于绘本《小红帽》的解读。撇开这种论调不提,夕美子小姐的《小红帽》是一本紧张刺激又有趣的绘本。

不过,小孩子的想法总是意外地保守,说不定没看到外婆和猎人会觉得被骗了。就这层意义而言,出版社出这本书肯定是英明的决定,也是一种冒险。是什么原因让出版社这么做?大概是夕美子小姐一路走来,通过《睡美人》等作品建立起来的销售成绩吧。

也就是说，夕美子小姐的书很畅销。

我想到这里，觉得很开心。

我在私铁的月台下车，将绘本收进皮包里，这时才想起为了什么买这本书，于是停下了动作。我真是糊涂。

在等车期间，我站着又从头读过一遍。然而，还是找不到解开"小红帽"之谜的线索。

不久，快速电车轰隆隆地驶进月台。

13

造成月底拮据的主因是什么？因为我买了评价颇高的俄罗斯莫斯科波修瓦剧院（Bolshoi Theater）来日本公演的票，票价贵得惊人。

我从高田马场前往环球剧场，欣赏著名歌剧《阿玛迪斯》。

然后带着被压得喘不过气来的心情，快步走在同样阴暗的路上回家，感觉他们的演技有点夸张。然而，舞台上呈现的是人类的悲哀，最能让我感受到这一点的，是安东尼奥·萨列里（Antonio Salieri）第一次听到莫扎特音乐的那一幕，那简直是命运的一击。

人类无法随心所欲地活着，亚当和夏娃吃下了禁果，这是何等悲哀。

除了这种日子，我平常都在家里吃晚餐。

饭菜通通由母亲一手包办。我实在没空买食材，所以无论如何都会变成这种情况——这当然是借口，其实单纯是因为懒惰。

如果早点回家还赶得上准备晚餐，我也会听从母亲的指挥，煎煮炒炸样样来。今年冬天，母亲买了万用不粘锅，好用得简直像是梦幻极品。喜新厌旧是人之常情，我再也不用以前的平底锅了。

吃完饭就卷起袖子洗碗。从中学开始，只要我在家，这就是我的任务。唉，不过早上我嘴一抹、碗一丢就冲出了家门，若是在家还不洗碗，大概会遭天谴吧。

看过《阿玛迪斯》之后几天，当我正在厨房洗碗时，背后传来母亲看电视的声音。节目正在介绍"山地大猩猩的生活"。

我握着充满泡泡的洗碗海绵，下意识地回头。那块方形荧屏中，出现了非洲或某个内地国家的风景、森林中的生活，以及大猩猩粗犷的脸孔。

虽然它的外表如此，但性情颇为温驯，它正在啃树枝，抱着树枝，一个劲儿地狼吞虎咽，吃完了就睡觉，睡醒再吃，这样一天便过完了。

大猩猩实际的生活情况，绝对不像我从电视上看到的那么单纯，总觉得有一种超越欢喜和悲伤的单调时光在那里流逝。

我脑中忽然闪现自己变成一只大猩猩，坐在高耸的树下，过着日复一日的生活的景象。我已经神志不清了。

14

下个星期天，天气晴朗。

我们约在银座的书店碰面，圆紫大师带我去附近的餐饮大楼。

"你想吃日本料理、西餐，还是中餐？"

每层楼分布的餐厅品种不同，哪一种都行。

"我喜欢日本料理。"

"我也这么觉得。"

我们搭电梯上楼。这家餐厅设有桌椅，不过我们还是把鞋子脱了，脚踩着地毯，有种围着暖桌而坐的感觉，很轻松。

圆紫大师点了两个怀石便当，然后问我："你喜欢童话故事吗？"

"以前很喜欢，不过我比一般人更早接触露西·莫德·蒙哥马利[9]和埃里希·凯斯特纳[10]的作品，所以

---

(9) 露西·莫德·蒙哥马利（1874—1942），加拿大作家，最著名的作品是《绿山墙的安妮》。
(10) 埃里希·凯斯特纳（1899—1974），出生于德国德累斯顿，为二十世纪德国最重要的儿童文学作家。

《安徒生童话》和《格林童话》反而被我丢到一旁。"

圆紫大师喝了一口茶,说:"大家常说:'女孩子都在等白马王子来接。'你向往童话故事的那种场景吗?"

我应道:"问得好。"

"对我来说,童话故事里的王子根本是不可思议的人物。"

"此话怎讲?"

"故事到了尾声,王子忽然冒出来,而某只动物其实正是他的化身,最后女主角很轻易地就嫁给了他。除了知道他的身份,完全不晓得他有什么优点。我会对女主角投入相当程度的感情,觉得她与来路不明的王子在一起,实在匪夷所思。"

"这意见可真辛辣。"圆紫大师窃笑道,"'来路不明的王子'这话说得好,如果换成落语中的'垫话',就是'任凭风吹雨淋'了。"

"真的是哦。"我也笑了。

"你连王子都看不上眼,当你的男友候选人也很难吧?"

"您的意思是,所以我总是找不到对象吗?"

我多半都是一个人去听落语,偶尔偕伴也是和女性友人。

"不,我没那个意思。"

圆紫大师觉得过意不去。我笑着主动接话:"高中我也是念女校,身边没什么男生。"

对我而言,圆紫大师既不是亲戚,也不是友人,所以我可以跟他轻松交谈。

"我和一般人一样,不,我比一般人更期望'如果能与男性一起漫步街头,那该有多好'。可是,我迟迟找不到这种对象,就算找得到,对方肯陪我逛街的概率也几乎是零。所以我对于感情抱持着悲观的想法,而且……"

我又补上一段不说为妙的话。

"在路上看到擦肩而过的情侣,呃,我不觉得那幅景象有多美好,或许是吃不到葡萄说葡萄酸的心态,该怎么说呢?情侣总会情不自禁地炫耀恋爱的甜蜜。只要一想到'我也会变成那样吗',就觉得浑身不舒服。"

怀石便当来了,另外还附了一道汤。并排在漆器盒中的各种器皿,好像假正经的孩子般可爱。

"对了,《小红帽》。"

餐点送来的时机不对,不过我还是把书拿出来交给圆紫大师。

"不好意思。"

圆紫大师盯着深绿带蓝的封面及充满透明感的红色标题看了一会儿。

"那我先看。你慢用。"

"好。"

我吃饭特别慢,这样正好。

圆紫大师翻动书页。不过,他的表情渐渐变得复杂。那表情与之前在咖啡店时的表情一模一样。

"你对这位作者很有好感吧?"不久,圆紫大师放下书本,淡淡地问道。

"嗯!"

我立刻回答。喜欢她的原因,与小时候偷看那个精灵般的房间的那段邂逅不无关系。除此之外,夕美子小姐勇于面对困难,拥有自己的世界,留着自己的作品,我会对她产生接近崇拜的好感,也是理所当然的。

"这么一来,我的话或许会让你不好受。"圆紫大师干脆地说道。我以为自己听错了,正要反问时,他已经拿起筷子用餐了。然后,他边吃边说。

"她很聪明,而且有自己的想法。"

"我也这么认为。"

"其实,后来我买了《格林童话》给我女儿。"

"哎呀。"

"我看了一下。内容有许多地方和这本书有出入。"

"嗯。"

"首先,在《格林童话》的版本中,小红帽带了葡萄酒与点心给外婆,而这本书只提到'葡萄酒'。"

我看了圆紫大师一眼。只凭记忆,我并没有比对全译版。

"为什么?"我不禁这么问。

"大概是颜色的关系吧。"

"颜色?"

"嗯,她大概是想把篮子里的东西换成和'小红帽'一样颜色的'红葡萄酒',避免掺入多余的颜色。这样构图才算严谨。"

我拿着筷子点点头。

"还有,在这本绘本中,大野狼是从高处俯瞰,发现了在森林里走路的小红帽,而原作中……"

"它们是在森林里相遇。"

"是啊。然后,大野狼怂恿小红帽'带束花送给外婆',让小红帽在途中耽搁了,然后自己先赶到外婆家。"

"没错。"

圆紫大师喝了口汤,轻轻放下碗。

"还有受到身世影响的部分。"

"咦?"

"把段子化为自身的某部分,这一点和落语一样。"

"这么说也是。"

"这时候,如果表现得太理性,那会缩小段子的规模。但是像我这种吹毛求疵的人,就会注意到这些小细节。"

"确实。"

"好比说，有一个段子叫《老鼠窝》，你知道吧？"

"嗯。"

《老鼠窝》的故事是——竹次郎从乡下来投靠哥哥，哥哥给了他三文钱。竹次郎以这三文钱为本钱做生意，以钱滚钱赚取蝇头小利，一点一滴累积财富。

"我马上会这么想，'用三文钱累积财富的这段时间，生活费打哪儿来？'"

"哦，原来如此。"

"这个段子叫《老鼠窝》，不过应该不是想挖坑吧，我总是想得很实际，把三文钱变成六文钱，再变成十二文钱，在这期间，还是要吃饭的吧？如果还有另一笔钱，那就没有必要从三文钱赚起。我当然明白这只是理论，可是一旦开始思考，就想找出自己也能接受的答案。'竹次郎还有另一笔生活费，不过在哥哥面前为了争一口气，刻意从三文钱开始做生意。'但我认为，如果考虑到三餐这种现实问题，这段子的规模就变小了。"

"我能理解您想说的。"

"《小红帽》这个版本也有类似的部分。"

"此话怎讲？"

"这位作者之所以不安排大野狼和小红帽在森林里相遇，大概是认为，'大野狼为什么不在那里吃掉小红帽呢？'"

我眨眨眼:"是啊。"

"当然,要是小红帽在那里被吃掉就没戏唱了。然而,这是因为大野狼不见得非吃小红帽不可,所以它马上赶到外婆家,模仿小红帽的声音说'请开门,我是小红帽',然后骗外婆开门。如果,大野狼想吃这两个人,只要先享用小孩,再到外婆家就行了。事情就是这么简单。"

"真是实事求是啊。"

"所以,作者将大野狼和小红帽错开,不过这么一来,就得舍弃大野狼和小红帽在森林里的趣味对话。"

圆紫大师露出略显落寞的神情。

"作者应该了解这个道理吧?不过,一旦发现了这一点,如果不解释清楚,故事就没办法继续发展。理性能够克制感性,感性却无法控制理性。这岂不是理性行事者的悲哀吗?就这层意义而言,理性大概得永远嫉妒感性吧。"

此时,我笑得理所当然,却觉得双脚在发抖。

"好,这个版本和《格林童话》的最大差异,正是故事中只出现了大野狼和小红帽。"

圆紫大师看着我。

"从大人的角度来看,你怎么看待这个版本的《小红帽》?"

圆紫大师说到这里,或许想到了我才十九岁,或者认为我比实际年龄更幼稚。顿时,脸上的表情是"这个问题对你而言未免太难了点"。他不等我回答,便直言:"持平而论,到目前为止,如果说得残忍一点,我觉得小红帽被吃掉也算活该。"

我眼前闪过躺在床上的小红帽的模样。若以最普通的比喻,我不可能不知道"小红帽"和"大野狼"的隐喻,这是最合情合理的见解。然而,我还是不想从他口中听到那种话。

圆紫大师接着说:"佩罗[11]的《小红帽》显然在比喻男女关系。而这位作者的版本,即使不是刻意营造,读者也能从外婆家的那段对话、宛如音乐升高的紧张情势中感受得到。作者的故事只出现了小红帽和大野狼,更强化了这种感觉。此外,这本书是七月出版的。这位作者在提到初秋公园里的'小红帽'时,不可能没想到自己的绘本。尽管如此,你的描述却没提到这本书。那位女士叫……黑痣小姐是吗?我想,她如果听到对方说'真巧,我最近出了一本书叫《小红帽》',一定会告诉你的。毕竟她描述得那么详细。更何况,如果要添油加醋,再没有比这件事更凑巧的了。"

我掌握不到逻辑的推演方向。

"这么一来,那位作者就不会刻意提到绘本。"

---

[11] 夏尔·佩罗(1628—1703),法国诗人,在日本以《佩罗童话故事集》的作者闻名。

"什么意思?"

"宛如童话故事的'小红帽'事件,假设是这位作者的创作,这件事就解释得通了。"

圆紫大师以优雅的手指,指着《小红帽》这本书。

"可是……"

"她说,公园里出现一个小女孩。这根本是小事一桩啊。"

我注视着圆紫大师,然后缓缓地说:"是哦。"

如果是小女孩,作者家里就有一个,只要私下讲好,让她女儿花五分钟跑去那座公园,简直是易如反掌。

"夕美子小姐临时把'小红帽'的事告诉黑痣小姐,由于家里刚好有红色雨衣,所以就让她女儿跑一趟吧。"

"但是这样也只有两个。"

"咦?"

"夕美子小姐和她女儿,所以是两个。但是您之前说'小红帽'有三个吧?"

"啊——"圆紫大师若无其事地说道,"另一个是你。"

我惊讶地倒抽一口气。

"对吧!窗户对面有个小女孩。这画面的源头可能是很久以前的你。"

我觉得当年的和煦春光瞬间包覆了全身。

15

"可是,为什么要这样恶作剧?"

圆紫大师的表情变得沉重。

"如果要按照先后顺序,我觉得最奇怪的是鞋柜。"

"鞋柜。"

"嗯,夕美子小姐带那位黑痣小姐去厕所,自己马上开始整理鞋柜,不管怎么想都很奇怪吧?"

我又愕然无语。

"一般人等对方进厕所之后都会离开,更何况对方是女性。但是夕美子小姐却待在那里,这是为什么?当时,发生了什么事?"

"电话……"

"对,假设她知道那个时段正好有人打电话进来,那会怎么样?一走出厕所,话筒就在眼前。她判断黑痣小姐如果听到电话响了,一定会出来接,然后说:'您好,这里是某某的家,我现在请她听电话。'"

"话是没错,但是她怎么可能知道谁会打电话过来……"

圆紫大师静静地说道。

"打来的是怎样的电话？"

我愚昧地反驳说："假如这就是答案，那也未免太奇怪了。夕美子小姐不可能事先知道黑痣小姐的先生会打电话过来，而且那通电话就算被黑痣小姐接到也无所谓吧。"

圆紫大师目不转睛地看着我。

不久，我感觉嘴唇开始颤抖，然后我用双手捂住脸。

我们齐齐沉默了一段时间。

我叹了一口气，睁开双眼，从指缝间看到圆紫大师的脸，他的表情看起来有点像父亲，而且很悲伤。

我缓缓地放下手。

"对不起。"

我也不太清楚自己是不是因为打断了他的话而道歉。

"所以，您刚刚才会提到'小红帽'和'大野狼'的事吧！"

圆紫大师轻轻点头。

"黑痣小姐的先生星期天也要上班。假设他下班后打电话过来，那意味着什么？而且黑痣小姐说她先生星期天都会拖到半夜才回家。我认为黑痣小姐的先生是趁森长小姐的女儿熟睡时，才过去找她的。那通电话大概是为了说这件事吧。"

"这也未免太大胆了吧，大家都住在同一个

镇上。"

"大概是别无选择吧。母亲得张罗晚餐,替孩子看功课,片刻离不开孩子,我想她也只有这段时间有空。她要上班,孩子还小,你知道这种人根本抽不出空。而且,她除了工作和家事,在家里还得画画呀!"

如果有了孩子,母亲确实会忙到晚上都闲不下来。只能在白天约好,抽空幽会吧。但是,这种事也只能偶一为之。

"假如有这种隐情,她当然不放心把身为太座的黑痣小姐独自留在电话旁吧。万一黑痣小姐接起电话,彼端的先生慌了手脚,不知道会说漏了什么。她拿起话筒说的第一句话是'是,她在',这是故意说给黑痣小姐听的,同时也在警告她先生。这么一来,拐弯抹角地告诉她先生'你太太来了'之后,接着又说'照这个情形来看,小红帽今天大概也出不了门吧'意味着什么,也就不言而喻了。"

"小红帽"和"大野狼"大概是这两人的暗号。这两个字眼的情感纠葛顿时在耳畔响起,我皱起眉头,感觉嘴里被塞进一块肥肉。

但是,我对绘本《小红帽》的评价依然不变。

夕美子小姐"被吃",或者说得更不堪,夕美子小姐"自动献身",不知这种情况发生在创作绘本之前还是之后。然而,她显然将两人的某种关系投射在那本书里。我不认为那是下流的暴露癖。

书中内容肯定是一种赌上自我人生的表现。

圆紫大师接着说:"想到她在那位太太面前说'啊,小红帽最近每个星期天都会出现'这句话,实在很讽刺。事后,她大概会根据这句话,展开无边无际的想象吧。完成一幅用女儿这个颜料,画在实际风景这块画布上的画作。"

我松了一口气。夕美子小姐为了让前言搭上后语,大概也费了一番苦心吧。

"不过话说回来,因为不小心说出小红帽,引发了不少麻烦。"

我不胜感慨地说:"这下子事情总算结束了。"替这件事画下句号。

"不过,有件事怎么样也弄不清楚。这两人为了什么而产生关系呢?黑痣小姐的先生说不定也喜欢绘画。可是,光凭那一点没办法确定。"

我说完,发现圆紫大师的表情僵硬。他低声说:"不。"

过了好一阵子,我才意识到那是"不,有办法"的意思。这个意思就像水渗透海绵般传入我心,我反而愣住了。

"他们有什么共通之处吗?"

"显然有。"

是那个复杂的表情。圆紫大师脸上甚至浮现了要不要继续说的犹豫。但是到了最后，好像是希望我承受真相的想法赢了。

"就是黑痣小姐。"

服务员撤走便当，换上新的茶杯并送上茶水。

我察觉到圆紫大师之前说"我的话或许会让你不好受"的真正用意正在于此。

我曾经认为，在路上擦肩而过的情侣情不自禁地炫耀恋爱的甜蜜，这并不是美好的景象。是不美的男女。

然而，在这里出现的，不正是一对彻头彻尾丑陋的男女吗？

"你和黑痣小姐只相处了一个小时，即使你尽量委婉而客观地描述，但终究会责怪她的任性、少根筋。不过，那又怎样……"

我感谢圆紫大师没有进一步说下去。黑痣小姐和夕美子小姐从初中、高中，乃至于出社会以后都因为孩子的缘分而在一起。不用说，另一方则是朝夕相处的丈夫。

假设两人侮蔑、厌恶为人妻的女性友人，并把这种行为当成生活上的调剂，笑着品尝快乐的果实……

我已无力遮脸。

如果只是单纯的蒙骗，可以用更简单的方式挂断电话。夕美子小姐说出了"小红帽"，并不是说漏了嘴，应该是伴随着优越感，故意那么说的。

夕美子小姐，是否乐在其中？

我不寒而栗，感觉在茫茫秋日平原的彼端看到了异邦国度。

"她打算隐瞒到底吗？不打算光明正大地结婚吗？"

"应该是吧。"

"那，她不会觉得寂寞吗？"

"应该会吧。而且，一旦意识到这一点，大概会更寂寞。"

"这样下去好吗？"

"好不好我没办法回答你。总之，这两人脆弱到输给了寂寞……"

圆紫大师沉默许久，然后说："她们也不笨吧。"

我咬着唇想问：那种扭曲的关系也可以称为爱情吗？但是，我怕发问也怕听见答案，只好将这句话埋藏在心里。

16

秋天也结束了。

到了柿子成熟时。某天傍晚我提早回家，母亲要我去拿柿子。

镇上有户人家和母亲熟识，每年一到这个时节就会送我们一些柿子。那户人家今年也打电话通知我们过去拿柿子。

母亲爱吃柿子,她说那户人家的柿子特别好吃。

我将作为回礼的梨子放进超市的白色塑料袋,骑着自行车出发。

"哎呀哎呀,这样我们反而不好意思。"

那户人家的女主人说完例行的招呼语,带我走到后院。宽敞的后院光是柿树就有四五棵,地面上都是落叶。

我从树枝上直接摘下新鲜水果,内心总是没来由地一阵雀跃。

"被鸟啄坏了不少。"

有些成熟的柿子掉在脚边,只要轻轻一扯,柿子立刻与蒂柄分离,总觉得它仿佛在等着我。

我把装点秋意的果实装进袋子里,满载而归,天空的西边染满了瑰丽的晚霞。

我从小路出来,正要通过一条稍宽的马路,发现是绿灯,而且路上几乎没车,于是我骑着自行车直接前进。

这时,一辆红色轿车从右边闯红灯冲了过来,吓得我一身冷汗。

我双手按紧刹车,自行车打滑,一道红光从眼前呼啸而过,接着发出刺耳的声音,那是轮胎锁死在地面上摩擦的声音,对方当然也踩了刹车。车在很远的地方打横停住。

我用脚撑着地面,很痛苦地挺住没摔倒。几颗柿子滚到马路上,软柿摔得稀烂。我的心脏一阵紧缩,浑身发冷,久久无法动弹。

不久,我把自行车扶正,看到摔烂的柿子又打了一阵哆嗦。

红色轿车来来回回地修正方向,好像打算离去。

管它是否就此离去。我心想该怎么处理那些摔烂的柿子。旁边有一片田地,埋进土里应该没关系吧。这么一来,就不会弄脏路人的鞋或汽车的轮胎。

当我立起脚架,开始捡拾地上的柿子时,原本往前驶离的轿车却开始倒车。车的动作应该没有表情,但不知为何,看起来却像不情愿。

当车在我面前停下时,我拿着不知是第几颗烂柿,顿时愣住了。

(是黑痣小姐。)

她遮着脸,从驾驶座看着远方的天空。但是,那个卷发造型和整体的模样,肯定是她。

后座坐着一名中年男子和一个小女孩。男子等车一停稳,在小女孩耳畔低语了什么,随即开门下车。

他是黑痣小姐的丈夫。

我想逃走。和圆紫大师聊过那件事以后,我不愿见到话题的当事人。对我而言,这件事确实不太好受。唯一能让我好过的方法,就是告诉自己,那个结果只不过是推论罢了。

毫无证据。这件事的真假无从确认。

那人动作利落地走近我,看起来是个体形中等的平凡男子。他先是对着我,马上又瞄了车上的孩子一眼,肯定是为了那孩子过来的。

他浑身散发出"这时候要教导孩子勇于负责"的气息。

难以置信的是,此刻四下无人。

黑痣小姐好像在怄气,动也不动。

"不好意思,你有没有受伤?"

他背后的景色融入薄暮中,路灯的光线从正面照亮了他。

"怎么了?没事吧?"

那声音听起来像是从天上传来般遥远,我拿着柿子伫立在原地,他的领带颜色是带蓝的深绿色。

空中飞马

1

灰色天空传来阵阵呼啸的风声。

我从大学附属高中前面经过,往地铁车站方向走去。人行道上尘土飞扬,大概是从校园那边飞过来的吧,金黄色的银杏树叶在水泥铺路石上兜圈圈,跳着华尔兹,在灰暗的景色中特别显眼。

风像个淘气小孩般玩弄着我的发。

蓬乱的头发在我耳畔飘动,萧瑟的氛围令我心情格外愉快。

突然间,一阵强风迫使我停下脚步,我眯着眼拉起滑落肩头的包,这时有人从后面叫我:"喂,等一下。"

是小正。我眯着眼转身。

"去吃午饭吗?"

江美也在小正身旁笑着,甩动着一头长发。

"是啊。"

"走吧走吧。"

三个人一起走到不远处一家名叫"若草"的餐厅，我们经常在那里用餐，每光顾一次就能获得折价券，集满十张还可以免费喝咖啡。

"我们在红绿灯那边看到你，不过你已经过马路了。"

"真抱歉，我没注意。"

"我看你背后也要长眼吧。"

"别强人所难了。"

我推开了橘色大门。外头寒风刺骨，一走进室内，顿时感到一股暖意。

"欢迎光临。"

熟识的眼镜阿姨端着水杯走过来。

我把包塞进椅子底下，三个人都点了跟年轻女孩形象不太搭的"姜炒五花肉套餐"。

"不过话说回来，剪得蛮短的呀。"江美说道。她指的是我的头发，我把之前的短发剪得更短了。

"嗯。"

"都快冬天了，你的脖子会冷吧！"

"会啊。"

小正一边抚摸自己及肩的长发，一边说："至少留到这么长嘛。剪那么短，从后面根本分不出来。"

"分不出什么？"

"那还用说，当然是性别啊。"

"哼!"

"夹克、牛仔裤,再加上那个头发,实在分不出男女。"

江美也像个公主似的笑着对我说:"而且屁股又小。"

"好啦,好啦。你们尽管说。"

"不过总比从前面分不出来要好。"

"我谢谢你哦。"

小正把玩着辣椒酱的罐子说:"哎呀,就连从前面看,也像个欧洲不良少年。"

我嘟起嘴:"怎么突然冒出了'欧洲'和'不良'?"

"谁知道。"小正说话完全不负责任。

"我看是因为你那头不及'二十肩'的短发吧!"

套餐来了。我们"啪"地掰开一次性筷子,各自灌了一大口裙带菜味噌汤。然后,小正像是想起什么似的说:"你的生日在十二月吧?"

"是啊,你要送我什么吗?"

"真不巧,那时候放寒假了。"

我也开始用餐,一边回应:"晚一个月我也收。"

"那可不行。"

小正睁大她那双大眼睛盯着我,然后,正经八百地说:"我们都是大人了。"

"你太夸张啦。"江美直眨着眼睛。

小正继续以这种语气说:"小时候,我最讨厌《安徒生童话》了。"

我抬起头，江美则偏着头。

"像什么丑小鸭变天鹅，我没办法接受那种事。如果那样，天底下根本没有痛苦可言。丑小鸭明明不可能变天鹅，却在那边胡说八道，我一想到就一肚子火。总觉得那只丑小鸭一定在哪里弄得满身污泥，最后死在路边。而死前做的梦就是自己变成天鹅，那只不过是一瞬间的幻想。"

"小正，你好厉害。"江美非但没有嗤之以鼻，反而以纯真的声音赞叹。

"《卖火柴的小女孩》结局并没有得到救赎，充其量只是主角的妄想。而《美人鱼》的主角也是化为海水里的气泡，并没有升天。"

"是哦，那，没有小正喜欢的童话故事吗？"

"没有啊，但说到我印象最深刻的，就是那个安徒生。你们听过《雪后》吧？"

"嗯。"

"我没有再读一遍，说不定记错了，故事一开始是魔镜的碎片跑进一个小男孩的眼睛里，对吧？从这个开头来看，感觉是个冷冰冰的奇特故事，我到现在还记得那种冷空气的感觉。"

"如果是谈印象深刻的故事，我也记得一个。"我放下筷子，插嘴发表意见。

"那是小川未明的短篇故事，名字我忘了，内容是一个孩子爬树想抓住一只美丽的鸟，不知他是为了追求'美'还是'梦想',结果鸟没抓到,他却从树上摔下来,一辈子四肢瘫痪。"

"然后就没了?"

"我记得是那样。一般的童话故事不可能这么虎头蛇尾吧?我当时还大吃一惊,所以有点难忘。"

"因为当时还很纯真,所以受到的打击也很大吧。"江美说道。

"我现在也很纯真啊。"

"是啊。"

"你有意见吗?"

"没有,你说得对。"江美调皮地说道,然后恢复原来的语气,"我印象最深刻的是《格林童话》。"

我心头一怔。江美接着说:"翱翔天际的《木马》,你们听过这个故事吗?"

被她这么一问,我和小正纷纷摇头。

"在国王生日的那一天,有人送他一匹飞天木马。然后,王子骑着那匹木马在空中散步,和一个住在塔顶的可爱女孩成了好朋友。"

"好像《小超人帕门》[1]哦!"小正说道。

"他们俩坐着木马四处游玩,在森林里休息时,遇到一群坏人,女孩和木马被抢走,王子被卖到异教

---

[1] 藤子·F·不二雄的作品,描述小学生须羽光夫有一天从宇宙鸟人那里获得面罩、披风、徽章,一旦穿上就能成为大力士,拥有飞行能力,并运用这些超能力行侠仗义,变成英雄。

徒国家当奴隶。"

"真悲惨——"小正拉长了"惨"字的尾音,然后拿起水杯灌了一大口。

"是啊,突然把两人推入不幸的人生谷底的,既不是恶魔也不是女巫,而是野蛮的暴徒,多么现实的剧情。反过来说,正因如此,王子和女孩的遭遇才会让人觉得悲惨,读者原本感觉像是在看童话故事,却看到了恐怖的现实世界。"

"后来,他们怎么样了?"

"历经了几年的艰苦生活,两人最后骑上木马逃走了。"

木马用来比喻天马行空、自由豁达。我总觉得那个画面,在这个灰暗故事的结尾,隐含了木马带来救赎的重大寓意。纵然是一匹木马,却能载着这对可怜的情侣翱翔天际。

"那,江美喜欢的故事是什么?"

"《老鼠与饭团》(2)。"公主般的脸蛋微微一笑。

小正立刻接口:"老鼠与饭团,赔了夫人又折兵。(3)"然后,看着我问:"你自己喜欢哪个故事?"

"王尔德的……"我坐在椅子上,挺直背脊,"《快乐王子》。"

---

(2) 内容类似《金银斧头》的童话故事。
(3) 一个贪心的老爷爷为了财宝将饭团踢进老鼠洞,逼老鼠拿出财宝,最后非但没拿到财宝,还被老鼠狠狠咬一口。

2

那天,我回家时,在电车上看到"角屋"的国雄大哥。

"角屋"是我家附近的一家店,原本是卖酒的,后来也卖起一般食品。

国雄大哥是那家店的小老板,虽说是小老板,目前也年近四十了。我念小学的时候,每次去买冰激凌,他总是笑眯眯地招呼我。"角屋"也卖剑玉[4]、溜溜球,夏天还卖烟火。他曾经用剑玉表演"火箭"和"环绕世界"两招精彩的绝技。

"你看,你看。"

我想起他半蹲着,一边对我吆喝,一边操控木球的模样,那情景宛如昨天才发生。

四五年前的报纸上有一篇报道,内容在讨论"日本年轻人即使在家乡做生意,收入稳定,仍然会选择到东京所谓的一流企业担任基层员工",听说这种情况在美国正好相反。

那篇报道刊出来的那一天,当时还在念高中的我放学回家,母亲正在准备天妇罗。听说邻居阿姨去京都玩,回来还送我们特产腌渍梅干。没想到梅干是甜的,听说炸过之后很好吃,我满心期待,赶紧换好衣服走进厨房。

---

[4] 一尺左右的木柄,一端尖锐一端勺状,中间拴线,线的一端拴上有孔的木球,用木柄的一端进行接球或穿球的游戏。

当我把红薯和胡萝卜裹上面粉时,听到一个活力十足的声音:"谢谢惠顾!"

我打开厨房旁边的门,看到了国雄大哥,他的脚边放着啤酒架。他一看到我,马上摘下墨绿色帽子,和蔼可亲的国字脸上露出了微笑。

"您好,谢谢惠顾。放在这里可以吗?"

"嗯,辛苦了。"

国雄大哥轻轻地点头,然后提起装有空酒瓶的架子。

"嘿咻——"

空酒瓶其实一点也不重,但凡事出声吆喝是国雄大哥的习惯。他那宽阔的肩膀就这样隐没在夜色中。

晚餐时,我把果冻般入口即化的梅干含在嘴里,大家聊的话题从那篇报道变成了国雄大哥。

听说母亲在婚后搬到这个镇上,国雄大哥在初中毕业后没有继续升学,马上投身家里的生意,他完全是自愿的,并非听从父母的意见。

母亲说,他的工作态度颇受左邻右舍的好评,不但时时增加商品种类,广发传单降价促销,还会在店头贴上手写海报。最重要的是,家喻户晓的"角屋"小哥年纪轻轻、卖力工作的拼劲博人好感。

国雄大哥天真无邪的笑容,确实有一种吸引人的魅力。

而且,从剑玉一事可以知道国雄大哥喜欢小孩,这大概也是他给街坊邻居的母亲们留下好印象的原因之一。

那天晚上，我们替讨论对象下了定论："国雄大哥和报上讨论的时下风潮无关。"

话说，"角屋"的店头最近摆着一匹不知从哪里进货的木马。虽说如此，却非字面上的木制马，而是木马造型，投入百元硬币即可前后摆动、上下升降的电动玩具。

然而，国雄大哥不打算用那个赚钱。每当客人带着小孩上门消费时，他就让小孩免费试乘。

哪怕客人只是买一条蛋黄酱，有些家长为此还专程跑一趟"角屋"呢。这种做法说是宣传，也是营销。

我也看过国雄大哥让一个三岁小孩坐那匹木马。"角屋"也有十元复印服务，有一次我拿报告资料去复印，国雄大哥说，资料要是弄掉就糟了。于是站在我身后像只展开羽翼的母鸟，伸出双手守护着我，还朝我发出"哐啷空隆、哐啷空隆"的奇怪吆喝声。

那种情景，连一旁的人看了都会笑起来。国雄大哥很喜欢来这套，这是唯利是图的商人想不出来的点子。

我念小学时，镇上已经有大型超市进驻，那时候是零售店经营最困难的时期，而"角屋"之所以能够渡过难关，全靠如今已届八十高龄的老板和国雄大哥齐心努力。

3

国雄大哥就坐在地铁的车厢里。

我马上就发现了他,那张红光满面的国字脸上幸福洋溢,他身旁有位女性,是个体形娇小、长相可爱的圆脸女性。他们笑得很开心,即使从远处看,一样令人赏心悦目。两人虽然压低笑声,但打从内心发笑的表情,仿佛把一切烦恼都抛到了九霄云外。

小小的幸福好像从他们的座位蔓延到整节车厢。

总觉得连自己的心情都愉快了起来,真是不可思议,这是我第一次看到情侣会产生这种心情。

我怀着感叹的心情,在车门附近注视着那两人好一阵子,然后,拿出《爱的毁灭》(L'Abbesse DeCaotro)读了起来。

猛然回神,国雄大哥就在我眼前。

我们四目相对,那张年近四十的脸庞露出小孩子做坏事被逮个正着的表情。接着,他微微点头,让我觉得我们之间的年龄差距顿时缩短。电车驶进上野车站的月台,在停车前的短暂时间里,国雄大哥一语不发,脸红得像猴子屁股,他一定觉得度秒如年。

那个女人学国雄大哥朝我微笑,她穿着一件相当合身的白色短大衣,年纪约莫三十岁吧。

两人一下车,国雄大哥马上在她耳边低语。

(那女孩是熟客的女儿。)

国雄大哥说的大概是这句话吧。

两人的背影被涌向JR[5]的人潮吞没，我搭的电车随着铃声启动。

如果要回到"角屋"，应该继续坐下去。他肯定是要送她回家。

国雄大哥还是单身汉，看来，他不会像伊丽莎白一世[6]那样说："我和工作结婚了！"我总觉得那个女人一定会成为国雄大哥的贤内助，说不定明年就能在"角屋"的店里面看到国雄大哥用脸颊磨蹭着新出生的宝宝。

4

"洗澡很容易，但要将过程写成文章却难如登天。"这句话应该是芥川龙之介说的。撇开怎么写，家里洗澡最"快"的女人是我。

相对地，洗得最久的人是四月出生的姐姐。

我曾经对母亲说，姐姐在春暖花开的时节出生，可以慢慢洗，我在寒冬出生，所以要赶快洗。结果母亲回我一句，就是因为天气冷，才要慢慢洗来暖和身

---

(5) 即Japan Railways，是1987年4月1日日本国有铁道施行分割民营化后，所成立的七家铁路公司之合称。
(6) 伊丽莎白一世（1522—1603），都铎王朝第五位也是最后一位君主，名义上的法国女王，终身未婚。

体啊。

就从现实而言,洗澡时间当然与头发的长短呈正比。我把原来的短发剪得更短,所以洗头根本花不了多少时间。

洗发、润发迅速解决,用毛巾裹好头发,把手伸出去打开热水器开关,热水器轰的一声点燃。

然后,我将十九岁的身体浸入浴缸中。

轻闭双眼。

热水从前面涌出来,我不停地用双手搅动洗澡水,好像在跳舞。一边持续这个机械性动作,一边思索:明年的现在,我在做什么?

在高三考大学的那一年过年,我也像这样让热水淹过下巴,闭眼思考明年未知的事。

届时无论外貌变得怎么样,"变化"都在前方等着我。从十九岁进入二十岁,在我眼前的大概是日复一日的平凡生活吧。

我摆动双手,上半身不知不觉地跟着摆动,虽然不至于像跑步那么激烈,但随着肢体摆动,可以感觉得出这是一具成熟的身体。我泡进浴缸,心想,应该没有女人不喜欢自己的身体吧?于是轻轻地睁开了眼。

热水器的运转声停了下来。

我的手从上往下拨动,小小气泡从微红的指尖浮出水面。

我环抱着胸部。

然后,在水蒸气中想起了藏王温泉的白色泉水。我对滑雪一点兴趣也没有,不知道现在的藏王是什么模样。游仙馆那位一丝不苟的姐姐,如今也忙着工作吧。我想象着被白雪覆盖的温泉区。

"好冷好冷。"

我一穿好内衣,立刻裹上浴巾,抱着睡衣走到厨房的暖炉前面。父亲躲在书房里。

即使寒流来袭,我家仍然将就着使用电暖炉,但到了十二月,还是得请出布满灰尘的煤油暖炉。室内暖和得几乎能吃冰激凌,好温暖,我放心地穿上不合时宜的衣服。

我裹着浴巾,再度擦拭着只穿内衣的身体,母亲说:"对了对了,摄像机,摄像机。"然后看着我。

"什么?"

"可以拍吧?"

这才明白母亲指的是操作摄像机。我像个僧兵一样把浴巾披在头上,一面使劲地擦头发,一面"嗯"地点点头。

父亲在几年前买了一台摄像机,拍下了念大学的姐姐和念高中的我,不过这时候才拍下孩子的成长期也未免太晚了吧。摄像机只用来捕捉家庭生活的片段,后来就很少使用,一直放在盒子里。

"小町家的孙子念的幼儿园下星期要举办圣诞节

同乐会。"

"原来如此。"

小町家是我们隔壁邻居,送我们甜梅干的就是小町阿姨。

"听说去年她儿子有空,拍了录像带。"

我边穿睡衣边应道:"今年没空了吧?"

"是啊是啊。"母亲笑道,"她媳妇不太会操作那台机器,后来好像弄坏了……"

"嗯嗯。"

我打开吹风机的开关。

"小町太太问我,如果方便的话,能不能把摄像机借给她。"

我边吹头发边说:"所以你就回答:'顺便连我女儿一起借给你好了。'"

"真聪明!"

"嗯。"

"她说是二十一日,反正那时候你已经放假了吧?"

"是啊。"

大学从十七日开始放寒假。

"怎么样?"

"随便啊。我去看看'小碎步'要表演什么。"

"小碎步"是我家替小町家的孙子取的昵称。

看着别人的小孩成长,总是感觉特别快。明明不久前才出生,某天就看到他鼓着红彤彤的脸颊,迈着小碎步和母亲在路上走着。我以惊讶与一种感动的情绪提起这个话题,从此以后,"小碎步"就成了他的昵称。

匆忙的十二月,看看孩子们天真无邪地唱歌或演戏也不错。

再说,"小碎步"念的是姐姐和我都念过的幼儿园,我已经好久没踏进那栋建筑了。

说不定这将是一趟时光之旅。

5

二十一日是个万里无云的好天气。

小町家的媳妇开着小轿车载我到幼儿园,"小碎步"坐在副驾驶座动来动去,我身旁坐着小町阿姨。

窗外是晴朗的好天气,蔚蓝天空到处飘着像碎棉花般的浮云。

我下车走进园内,感觉景物一点也没变。幼儿园所在的位置与车站相反,我不曾特地造访,难得从前面经过时也不会往里面瞧。

童年时光是很久以前的事了,若要讲得夸张一点,对我而言就像飞鸟时代(593—710年)。尽管如此,那栋建筑依旧,攀登架等游乐器材和摆放的位置改变了，但其中仍有熟悉的景物，不过一切像是被施了魔法般缩小了。

距离同乐会开始还有一点时间。

我一手拿着摄像机信步而行，感觉原本宽敞的学园变得很狭窄，令人不禁怀疑，这里真的办过运动会，有足够的空间赛跑吗？

当我看着这些不可思议的景物，盯着洗脚区低矮处的水龙头时，有人叫我。我回过神来，往声音响起的方向看去，一张意想不到的脸孔从窗户看向这里。

"南老师。"

我下意识地脱口而出。

她是我念幼儿园的班主任，我们竟然还记得彼此，并为此开心不已。

"您都没变。"

"哪有，老了好多。"

或许老师说得没错，但是在我眼里，她仍像以前一样年轻漂亮，我真的吓了一跳。

"那时候的那些老师，现在只剩下我了。"

在孩子的眼里，老师都是"大人"。南老师的小孩比我们低一年级，所以南老师当时大概三十岁吧。这么说来，她现在约莫四十五岁了。

"有人结婚就离职了，有人到小学任教。不过话说回来……"老师眯起眼，好像阳光太刺眼，"你长大了啊。"

没想到会听到这句话,大概是因为我觉得现在这个样子是理所当然的吧。

老师说了声"同乐会要开始了",便走进教室。

我也走进玄关,在摆着各种鞋子的角落放下我脱下的运动鞋。这栋两层的钢筋建筑物丝毫没变,一进门有两间大教室相连,充当这类活动的场地。我打开了门。

大片窗玻璃上贴着罗纱纸,明亮的光线从镂空的星星或花朵图案透进来,闪耀着黄、红、蓝、绿的光芒。微暗的房间里,有一面神秘的彩绘玻璃。

我的心绪霎时穿越了十几年的时光。

在那个神秘房间的中央,有一道用来隔断的折叠帘,对面有一群情绪亢奋的孩子。

个性比男生强悍的美沙由于太兴奋差点笑出来、有点感冒的小四轻声咳嗽、爱漂亮的真纪子生怕弄脏袜子和领口、小惠用鼓槌轻轻敲打肩膀,一个低着头、紧抿双唇的沉默女孩站在队伍边缘。

小町家的媳妇对我招手。

我一边向她点头致歉,一边穿越观众席,坐到她身旁。

观众席的前半部是坐垫,后半部是椅子。我坐的这张椅子放在最前面,位置最适合摄影,小椅子十分具有幼儿园特色。

"真是不好意思。"

我一架起摄像机，小町阿姨再度说道。

"圣诞节同乐会开始——"

随着孩子们精力充沛的声音，折叠帘倏地往左右拉开。

6

一开始是歌唱表演。孩子们头戴圣诞节的三角帽，脖子上系着以别针固定的同款蝴蝶结，齐声高唱《圣诞老人来敲门》(Santa Claus coming coming)。

"小碎步"化身为歌剧《长瘤的老爷爷》里的一名老爷爷。在旁白说出"快，睡吧"之后，他便躺在地上。这是幼儿园的戏剧表演，所以剧情里并不会出现坏爷爷的角色。故事一开始就有两位老爷爷一起上山，两位都是心地善良的老爷爷。

两人一睡着，便出现了一群小鬼，而鬼魂老大由老师饰演。

一群小鬼带着老爷爷载歌载舞，只有老师在一旁拍手叫着"噢，有趣、有趣"，小鬼们一脸的无聊透顶，观众席则反应热烈。另一出歌剧是《彩衣吹笛人》，这出戏也是以喜剧收场。除此之外，"小碎步"在演奏方面负责木琴。话虽如此，并不用敲出旋律，只需要在重要时刻用琴槌敲出叮咚声。

在才艺表演结束后,灯光转暗,化身火精灵的女孩穿着白衣出场,将烛火分给众人。我的摄像机出现"光线不足"的提示,或许只能拍到模糊的影子吧。

不久,灯光转亮,众人吹熄蜡烛,似乎是等候已久的重要人物即将登场。

"好,各位小朋友!"年轻老师轻轻击掌,"今天,我们为大家邀请了一位贵宾,他就是大家非常熟悉的、来自北国的圣诞老人。"

一个穿短裤的长脸男孩,开始拼命地对朋友说:"那是骗人的啦,老师骗人。"

他认真说服的口吻很不寻常。

"来,圣诞老人,请进。"老师提高音量并打开门,一个身穿红衣的人笑眯眯地走进来,脸上挂的白色假胡子在胸前晃动。

咦?!

圣诞老人向老师借了麦克风,有点害臊地开口说话了。

"各位小朋友,今年是乖宝宝吗?"

朝气蓬勃的声音异口同声地回答:"是乖宝宝——"甚至有人边叫边跳。

"明年也要当乖宝宝吗?"

四周又响起"要——",年纪小的孩子轻扯着圣诞老人的衣服。

"那,圣诞老人就送礼物给大家吧。"

于是，圣诞老人打开大袋子的袋口，开始分送礼物。"小碎步"收下礼物，我便停止了拍摄。

"咦，他是'角屋'的国雄大哥吧？"

我和家长们一边收拾椅子，一边小声询问小町家的媳妇。

"嗯，是啊。"

"他每年都扮圣诞老人吗？"

"好像是，去年也是国雄先生。"

一名较年长的母亲刚好听到，一边将椅子放在墙边，一边说："听说七八年前，学校举办圣诞节同乐会时，他送饮料过来，看到活动的情形，便拜托园长下一年让他扮圣诞老人，然后就持续到现在。"

"是哦。"

在我就读的那个时期并没有圣诞老人，不知是因为国雄大哥提议，演变成这种形式，或是从以前就有了。无论如何，拜托园长让他扮演圣诞老人，很像他的作风。

看起来很像干事的家长和老师一起动手，利落地将板报纸贴在地板上，代替桌子。

"那我先告辞了。"

我是局外人，正想提早离开时，却被留了下来。

"哎呀，不行啦。我们把你当成自己人，已经算你一份了。"

一如所言，她们递给我装了寿司和炸鸡块的餐盒以及罐装果汁。"小碎步"坐在奶奶和妈妈之间,心情大好。我也在地毯上坐下。

窗上的罗纱纸被一一撕下,刺眼的光线从外面穿透进来,室内充满了嘈杂人声与明亮光线。

"好,各位小朋友,在用餐前,老师要告诉大家一件事。"

是南老师的沉稳嗓音。她握着麦克风,挺直背脊站在圣诞树旁。

"今年,圣诞老人还要送给我们一件特别的礼物。"

是什么呢?孩子们心想,室内鸦雀无声。

南老师缓缓地说:"就是木马。"

7

说起来,年底和"马"真有缘。

继江美提到翱翔天际的木马之后,再来就是这个。

我离开时,看到玄关外放着"角屋"的木马。接下来,园方大概要思考摆放位置吧。木马虽小,但仔细看,气势着实不凡,全身雪白,配上蓝色马鞍,那眼神宛如真马般温和。

我几乎下意识地抚摸那咖啡色的鬃毛。

好，凡事有一就有二，无三不成礼。

隔天中午，我收到一本书，因为不知道是什么，我有些纳闷。打开来一看，是一本以彩色照片为主的杂志，新年号的专题是《结婚》，书内夹着一张细长字条，上头写着"敬赠"。

（笨蛋！）

我将它丢在一边。

不知对方从哪里查到我的资料，今年之后，寄给我的"情书"如雪片般飞来，简单来说，那感觉就像"成人仪式之前买件和服吧，算你便宜啦"。

我以为又是那种信，但仔细一想，杂志的本质不同于广告信件，并没有推销行为。

我重新看了一遍目录——婚姻形态的改变、日本文学中的婚姻、离婚的悲喜剧、诸侯嫁女儿的嫁妆等主题附上卷轴等图片，深入浅出的解说，浅显易懂的内容。我顺着作者名往下看，终于明白是谁寄给我的。

奈良绘本《毘沙门的本地》 加茂芳彦

寄件人是教我近代文学概论、介绍我认识圆紫大师的加茂老师。

我马上打开那一页，真令人大吃一惊。翻拍的画作华丽丰富、色彩饱满，在画面中央有流云，还有翱翔云端的马匹,马背上的年轻人直视着前方。

我自称不肖弟子,简直是自抬身价,没下苦功钻研,即使老师说是奈良绘本,我脑中一时之间也只能浮现模糊的画面。

我跑进房间,找出与草双纸相关的书籍和杂志,囫囵吞枣地翻阅,得知草双纸是"从室町时期至江户时期附插画的手写书,主要以《御伽草子》为题材"。不过,加茂老师好像已在文章里说明了这些基本知识。

接着,我泡了杯红茶,身旁放着一包饼干,开始阅读。

　　昭和十九年(1944年)六月,我读着
《毘沙门的本地》,"金色"太子悲惨至极的故
　　事,令我动容。

首段以此破题。不过,在我看来,昭和十九年只不过是个数字,没有真实感。

接着,介绍太子追求已不再是凡人的初恋公主,到天界展开旅程的故事。太子骑的马是"犍陟驹"。我总觉得在哪里看过,继而翻开《梁尘秘抄》,在第二卷中提到:

　　太子行幸 乘犍陟驹 命弼马温 执辔勒缰

入檀特山

这位太子是悉达太子。换句话说，书上歌颂的是释迦牟尼佛出家的戏剧化场面。当时太子骑的马就叫"犍陟驹"。

话说，这位"金色"太子的苦难也非比寻常，首先是一趟格外漫长的孤独之旅。他在天界遇见许多星星，众星纷纷叫他再走几年，或是几十年。历经了千辛万苦，他终于抵达兜率天的内院，后攀上苍穹，在黄金的筒井旁与公主重逢。

老师的细腻笔触将这段故事描写得生动活泼，充满了节奏感，宛如憧憬爱情的青春少年笔下的文章，完全感觉不出年纪。

关于本地物[7]方面，则以"太子和公主变成毗沙门天与吉祥天，入鞍马山普度苍生"这句话带过。

结尾符合专辑的主题，内容如下：

> 天界众女心仪的对象，大概都是像"黄金"太子这样，为了履行初恋的约定，孤单旅行的"游历骑士"。
>
> 作为陪嫁物的奈良绘本《毗沙门的本地》（不只是装饰书柜的书），是一份饱含了母爱

---

[7] 日本室町时代的文学作品，内容以御伽草子、说经节、古净琉璃等故事，或是近世各类作品中关于神佛社寺的起源为主。

的礼物。

因为毘沙门天、吉祥天有情人终成眷属,在天界结为连理,成为一对幸福的夫妻。

我看完时,母亲在楼下叫我。

她在楼梯口递给我一张明信片说:"我在信箱里看到这东西。"那是加茂老师寄来的。

> 我接受出版社的邀约,针对卷轴草双子撰稿,写着写着便想起了你,于是把书寄给你。

这么有特色的字体是以粗钢笔写成的。

写这种浪漫的文章,为什么会想到我这种小女生呢?我感到匪夷所思,同时也莫名欣喜。

8

二十三日,小町家的媳妇过来道谢,顺便拿录像带给我们看。

活动当天,我直接把带子交给她们,因为"小碎步"急着想看。

我心想不会有问题,但仍想通过电视荧屏,亲眼确认拍得好不好。

于是，我和小町家的媳妇及母亲三个人在厨房里边吃仙贝边观赏影片。

"你们家宝贝不管做什么都好可爱哦。"这是母亲看到"小碎步"的感想，"仔细看，你以前也是那么可爱。"

"我有仔细看啊，毕竟是我拍的。"

"说得也是。"

以室内场地来说，算是拍得很清楚，我很少把镜头拉近，所以并没有失焦，原则上完成了这次任务。

"现在有很多父母都用摄像机拍小孩。"小町家的媳妇说道。她的脖子很细长，有点像动画《大力水手》中的奥莉薇。

"有那么多吗？"母亲问我。

"是不少，有几位家长拼命拍。"

母亲一脸的佩服，看了荧屏中对着镜头比胜利手势的"小碎步"一眼，然后说："原来如此。可是，等小孩长大之后看到这种影片，与其说怀念，不如说会觉得很奇怪吧。"

母亲如是说。

"确实，要是看到影片中满脸胡子的叔叔、爷爷，说不定会觉得很奇怪。"小町家的媳妇老实地说道。

"从前八厘米摄像机还没有那么普及，大家都用照相机。"

"而且拍头一胎拍到连相簿都装不下，第二胎以后就不怎么拍了。"

"对了对了，园方后来怎么处理木马？"我问道。画面上出现了国雄大哥扮的圣诞老人。

"噢。"小町家的媳妇眨了眨眼。

"怎么了？"

"不……"她稍微支吾了一下，然后说，"已经摆在校园里了。"

我告诉母亲，国雄大哥把"角屋"的木马送给了那所幼儿园。

"这又是为什么？"

小町家的媳妇从老师们口中得知原委。

"听说那匹马的零件出了故障，所以不能动。原本就是某处要淘汰的东西，国雄先生用便宜的价钱买下，也不打算把它修好。不过，木马本身还算牢固。"

"原来如此。"

"是的，听说幼儿园老师和国雄先生聊着聊着，决定把木马当作校园里的摆设兼椅子。所以，当时先让木马亮相，国雄先生和他父亲隔天下午就到现场施工，掩埋底座部分，用混凝土固定。我去接孩子时也看到了。木马的四只脚正好站在地面上，底座灌满了混凝土。孩子们在远处围观，大声嚷嚷，那场面可热闹得很呢。国雄先生和他父亲面带微笑，好像很开心。"

画面变成黑白雪花,发出"嗞"的声音。我起身关掉电视,按下倒带键。

"所以木马也找到了栖身之地,是吗?"

"是的,听说寒假作业是由大家替木马取名字,然后从中挑选一个。"

"这么做还不错。"

这时,煤油店的人来了,母亲起身。

我把录像带抽出来交给小町家的媳妇。她收下时,动作有点忸怩。

"怎么了?"

"没事。"

她似乎正在犹豫该不该说,因为我的一句话而下定了决心。

"很奇怪,但我先生说'那种事别到处张扬',他一点也不信。"

她嘴上这么说,倾着那奥莉薇般的细长脖颈。

"那场同乐会结束以后的晚上,我们一起回娘家。"

她说,她娘家在邻镇的江户川河畔,离这里约有三十分钟车程。

"我们一边看录像带一边吃晚餐,后来,我先生和我哥喝起酒来,这一喝就没完没了。因为我和孩子在一起,所以先回去了。我替孩子洗好澡哄他入睡,再拜托我婆婆照顾着,然后去娘家接我先生。结果,他还在喝,好不容易让他停下来,扶他坐上后座,我就开着车回来了。"

我只是点头。母亲或许在收拾洗好的衣服,迟迟没有回来。

"因为半路上进入四号国道,会被信号灯耽误,所以我穿越马路抄近路回家,经过了幼儿园前面。大门处有一小盏常夜灯,那一带亮着朦胧的灯光。我往返两次,总共从前面经过了四次。最后载我先生回来时,已经快半夜了。我从前面经过,总觉得怪怪的,好像哪里不对劲,但又说不上来。回家后,一边替我先生做茶泡饭,一边觉得好像丢了什么东西。"

老婆大人难为。但是,我的感慨因她的下一句话烟消云散。

"结果,睡前才突然惊觉,最后经过那里时,那匹马不见了。"

9

"我告诉我先生,结果他嗤之以鼻,他说:'木马不可能去散步吧,还是你看到它在空中飞呢?'他说是我没看清楚,可是那么显眼的东西在灯光底下,就算不想看到也难。正因如此,看了三次以后,眼熟的东西不见了,总觉得好像哪里破了一个洞。第四次再经过时，它肯定不见了。"

"可是……"我提出理所当然的疑问，"隔天它又出现了，对吧？"

就刚才的对话来说，结论应该如此。小町家媳妇不情愿地回答："对啊。"

我觉得好像说了不该说的话。

"当然，我早上要送孩子去幼儿园，第一件事就是找那匹木马。结果根本不用找，木马就乖乖站在原来的位置。我真怀疑我的眼睛有问题。晚上，我先生回来还明知故问：'木马怎么了？'明明重要的事都会忘记，偏偏这种事记得特别清楚。"

我觉得很不可思议，然后笑了一下，一面回冲茶，一面说："偷那种东西也没有意义，有什么用途吗？"

"重点就在这里，拿走也没有用吧？所以，我才会觉得莫名其妙。而且，隔天早上还把它送回来。"

"不可能借回家给孩子玩吧？"

说到深夜，照样有人三更半夜从门口经过，一边走一边大声唱歌。若要合理地解释，是否该从这一点着手呢？

"会不会是酒鬼在作怪，把它搬走了呢？"

"可是有底座，相当重哦。虽然不像一般的旋转木马那么大，但是听说搬来时，得靠国雄先生和他父亲两个大男人才搬得动。不可能有人从它前面经过，一时兴起把它搬走。"

"既然这样,如果有好几个人呢?大家起哄壮胆,放纵自我使坏。"

"放纵自我之后,还会归还木马吗?"

"会不会早上酒醒之后良心发现,觉得自己做了'对不起孩子的事'。"

小町家的媳妇笑着说:"我家也有个酒鬼,他一觉醒来之后,跟平常没两样。再说,隔天不是假日,上班族还是要上班的吧?要赶在孩子们上学之前归还木马,那是不可能的。而且,前一晚喝得烂醉,隔天早上也会睡到起不来吧。"

毫无推理的着力点可言。

"可是,除此之外别无可能吧。"

我举手投降了。经过短暂的沉默,小町家的媳妇说:"到头来,会不会是我看错了?"

"你能接受这种理由吗?"

"不能,绝对是木马不见了。"

小町家的媳妇丢下一句充满自信的话,便回家了。我听见院子里传来母亲的招呼声。她果然在收拾晾干的衣服,床单和衬衫都收了进来。

我也走出屋,帮忙把未干的厚重衣物移到太阳底下。

10

平安夜来临。

当我还是小学生时，总是期待这一天的到来。但随着年纪增长，这种值得庆祝的节日越来越少，实在令人感到生活乏味。

今天没有特地煮丰盛佳肴，姐姐也说要参加派对会晚归。

"至少买个蛋糕嘛。"

我抱着姑且一试的心态说，母亲出钱赞助。我踩着自行车，在黄昏将近的街头游逛。

风势强劲。我骑到桥上，眺望古利根熟悉的河面，白浪像长了翅膀似的朝这里涌来，浪花呈现大大的V字形，从北往下游流走。

这幅景象让我握紧了戴着皮手套的手。

走进一家经常光顾的蛋糕店，里面有个小学高年级的女孩，梳着发辫，身穿白毛衣。

"欢迎光临，您要买圣诞节蛋糕吗？"

大概是其他家人忙得抽不出空吧。她一脸认真的表情，以背诵般的语调问我，十分可爱。

"不是，我要买几个草莓蛋糕。"

"好的，这样的话……"她频频眨眼说道，"巴伐利亚水果蛋糕深受大人、小孩喜爱。"

我笑了，连原本不打算买的巴伐利亚水果蛋糕也请她一并包好。

"谢谢您。"

我带着也想向她道谢的心情走出店外。

回程时绕远路,去看看小町家的媳妇说的那匹半夜在空中飞翔的"马"。今天,幼儿园只有半天课,这个时间已经迈入了冬眠,在一片灰暗的风景中,建筑物看起来更显寂寥。

小木马孤零零地站在攀登架旁。

(关于你的事,我也只好向那位高人请教了。)

明天是二十五日,我的生日。

圆紫大师选择这一天,在涩谷的表演厅举办本年度的最后一场落语名人会表演。

11

十二月的诞生石是土耳其石。

根据描述明治社会百态的书籍,土耳其蓝曾经在新桥的艺伎之间蔚为流行。十九岁这年,我遇见了圆紫大师,这一年也充满了各种惊奇。如今回想起来,在加茂老师的课堂上回答深川艺伎的问题,是一连串事件的开端。

我的十九岁在新桥蓝的月色中落幕,也算是有始有终。

我决定吃过午餐便前往东京。

穿上白色的打折裤。我站在镜子前面，凝视镜子里的"欧洲不良少年"。

我的腰身本来就不粗，裤头一勒紧，腰线便跑出来了，但是没有前凸后翘，虽然身为女性，却看不见S形的身体曲线。

我自认为不会发胖。所以，昨天那家蛋糕店在今年秋天以五百元的促销价推出五周年纪念袋装饼干时，我买了三包放在桌上。因为袋子上写着"保存期限至一月份为止"，反过来说，可以放到一月底，于是我想配着红茶慢慢品尝。

然而，事情发展却与《蚂蚁和螽斯》的故事不同，蚂蚁为了过冬储存粮食的袋子不知不觉被弄破了，我喜爱的香酥棒被吃光了。

"太过分了。"

我抓住姐姐逼问，她笑道："真是孩子气。"能赚钱的人就是不一样，隔天晚上，一盒高级法国甜点放在了我桌上。

我的心情像是占到便宜，又像吃了亏，两天之内就把华丽的甜点吃得一干二净。当然，家人也吃了一些，但大部分是由我负责解决的，所以暂时不想看见甜食。

不过，这对于我的腰围丝毫没有影响。

小正对我的评价是："唉，你算是苗条型的吧。以现在的状态如果再多一点女人味，就称得上是黄花大闺女了，嗯。"不过，这是她为了接下来的话所设的伏笔——"如果再瘦一点，就变成寒酸小姑娘啦，哇哈哈哈。"

话说，我很怕冷，所以在粗织毛衣外面套了一件保暖的深蓝色夹克。因此，勒紧的腰部也沉入了深蓝海底。

户外呈现寒冬的铁灰色，隔壁邻居种的芭蕉树，已经不剩半片叶子，像是一副肉被吃光的鱼骨，朝着天空左摇右摆，在高处发出令人毛骨悚然的声音。

我顶着迎面而来的刺骨寒风走着，一走进站内的电车车厢，宛如抵达基地的探险队员般松了一口气。

去年生日，我赶在岁末逛了旧书店。今年恐怕冷得不像话。

我在上野转乘地铁，从地下车站走进百货公司，想去书店瞧瞧。当我走进书店，双手插在口袋里没走两步，前方迎面而来的人对我低头微笑。

我立刻还以一礼。

对方驻足看着我，我也停下脚步。

"你好！"

一个孩子气的女声。

（是国雄大哥的女朋友。）

12

"怎么样，片仓先生很拼吗？"她一脸天真无邪地问道。片仓是国雄大哥的姓氏。

在她的百般邀请下，我在百货公司的地下楼与她坐下来聊天。

"嗯，当然。"

"毕竟是个拼命三郎。"

她自称姓田村，说完后轻轻低头："抱歉，强留你了。"

"哪里，没关系，我还有时间。"

"一看到你，就想问问片仓先生的事。"

她提着一个大行李箱。

"你是要去哪里吗？"

"嗯，出差五天四夜。"

"哦，相当……"

"久吗？"

"嗯。"

"你知道我是做什么工作的吗？"

"不知道。"

"我是护士。"

"噢。"

这样就明白了，大概是团体旅行。

"你还在念大学？"

"是的。"

"高中时，毕业旅行会有护士随行吧？"

"好像是有。"

"看来随行护士并没有让你留下深刻印象，不过最好别被护士照顾到。"

田村小姐说道。我一直觉得在哪里见过她，这时才恍然大悟，是绘本里的金太郎，有一张圆脸，十分讨喜。

"你果然是随行护士吧？"

"嗯，这次的对象是高中生。"

"这个季节去旅行吗？"

"滑雪行程，目的地是长野。"

我们学校走的是传统行程，到京都和奈良旅游，但听说也有几所学校会办滑雪行程。

"搭JR吧？"

"不，巴士直接送到学校，我刚从那里回来。"

"情况很严重吗？"

"不少人受了点轻伤，但没有人受重伤，我倒是松了一口气。"

"那，你很累吧？"

"有一点。"

"买了特产吗？"

不知是因为我们都对国雄大哥有好感，或是我被田村小姐身上洋溢的耀眼幸福感染到了，自然而然问到了这种事。

"没有特别买什么,而且忙得不可开交。其实我刚刚在这里买了件毛衣。"

"好温馨的礼物。"

"因为他也送了我……"

田村小姐轻抚圆桌上的玻璃桌面,爽快地说道。我一点也不嫉妒她的幸福。接着,她抬起头来。

"片仓先生扮的圣诞老人怎么样?"

这个唐突的问题,让我有点吓一跳。

"咦?"

"对不起。"她轻拍脸颊,"我自说自话,这样子,你会觉得莫名其妙吧。听说片仓先生扮成圣诞老人,还把木马送到幼儿园。然后,他昨天打电话给我说:'前一阵子,我们在电车上遇到的那个女孩拍了录像带。'"

这下子,我可以理解她特地邀请我的原因了。我一口气说:"是非常棒的圣诞老人。"

虽然"非常棒的圣诞老人"这种说法很奇怪,但直接转化成语言,就变成了这样。

田村小姐似乎对此感到心满意足,这是她想听的一句话,她的脸颊染上了一片红晕。

她缓缓地说:"你看到圣诞老人的帽子了吗?"

这是个奇怪的问题。

"嗯——"

田村小姐隔了半响之后说:"那个,是我做的。"

接着,她垂下目光。

我不知如何回应,只好沉默以对。不久,田村小姐以平静的语气说:"该怎么说呢,我和片仓先生走到了只差一步的地方,可是他迟迟不提结婚。坦白说,到目前为止,他好像对婚姻失望过好几次。"

刚才的孩子气不见了,在我眼前的,显然是一位年纪比我大很多的女性。

"于是我灵机一动,决定做一顶圣诞帽送他。我买了布料赶紧加工,其实本来想亲手交给他,但是不能太贪心。总之,还有几天充裕的时间,我用快递的方式寄给他,而且还附上一张字条,写着:'圣诞老人,请戴上这顶帽子,把你的木马送给孩子们。另外,如果你愿意,我也等着你的礼物。'"

她不像在演戏或夸大其词,反而令我感到一股严肃的气氛,大概是因为她的眼神很认真吧。

"结果,在我抵达滑雪场宿舍的那一天,他马上打电话过来。"

那通电话连接了关东平原在风中的"角屋"与白雪皑皑的长野高原。

我无须问内容,想必国雄大哥送了一句该送的话。

13

观众席充满了年底特有的匆忙活力。

我设法溜到后方的空位。

今年频频跟随着圆紫大师,最后一次和他交谈是在两个月前的银座,不过后来也和舞台上的圆紫大师见过几次面。

有些大学男生会跟着中日龙队[8]到后乐园、神宫、横滨四处赶场,甚至大老远跑到名古屋,跟他们比起来,我简直是小巫见大巫。

到了中场休息时间,我翻开在路上买的《化政期落语集》,随性翻阅,听到有人叫我,对方是圆紫大师的弟子,我在藏王见过他。他的眼神很恭敬,还带有一抹疑惑,他替圆紫大师传话:"表演结束后,你能不能在大厅等大师?"太好了,我正愁没机会见到大师呢。

这次的事件还是只能请教圆紫大师,我虽然这么想,但不知该怎么向他提。我没去过后台,而且贸然打扰即将上台的表演者,也会造成对方的困扰吧。就在我什么都没做之际,这个问题却以最轻松的方式解决了。

不过话说回来,圆紫大师从哪里看到了我呢?真

---

[8] 日本职棒创始球团之一,是一支隶属于日本职棒中央联盟的球队,成立于1936年,当时的队名为名古屋队,经过数度更名,在1954年改为中日龙队,沿用至今。

是好眼力。

节目持续进行着，随着《外记猿》一同登上舞台的圆紫大师，脸上散发着不同于以往的光彩，他好像也想让一年的工作告一段落。

"说到三弦琴——"

这是圆紫大师的拿手好戏《栗毛马三弦琴》的第一句台词。圆紫大师喜欢表演这个段子，作为年底的压轴好戏。

舞台右方的三弦琴配合圆紫大师的台词伴奏。在圆紫大师巧妙的引导下，观众聆听了几段琴乐，席间渐渐洋溢起欢乐的气氛。

这时，圆紫大师讲到了酒井诸侯雅乐头[9]的三男角三郎的故事。角三郎受到父亲的冷落，住在郊外的别墅。不久，他唤来按摩师锦木。时值农历十一月份。

"外头很冷吧？"

"是，今晚仿佛连按摩的笛声都会结冻。"

接着，锦木说："公子的骨相具有诸侯之相。"角三郎听了这句话，便回答锦木："果真如此，到时候我就任命你为检校[10]。"后

---

(9) 雅乐寮的首长。雅乐寮是律令制下，隶属于治部省，负责管理演奏宫廷音乐的乐人、训练歌舞的机关。
(10) 监督神社和寺庙总务的职位。

来，锦木病了，大杂院的人照顾他，等到他病愈已是年底。此时，锦木得知角三郎继承了雅乐头的官位，满心雀跃地跑去找他。

舞台上稍微带过效果十足的岁末景致。

锦木吃闭门羹的悲叹、偶然与守卫重逢的喜悦、与雅乐头见面。然后，锦木当上了检校。

不知道这是不是岁末的段子，但一听到圆紫大师的《栗毛马三弦琴》，我感动得久久不能自已。由于年底是一个结束的时刻，而《芝滨》《富久》及这个段子的剧情很丰富，十分适合在年底表演。

话说，结尾的部分相当精彩。

成为检校的锦木登场了，其说话态度与之前天差地别，逗趣得不得了。他听闻雅乐头正在寻觅栗毛马，问其马名，雅乐头回答："三弦琴。"

"古时候，蜀汉的关羽关云长骑的是赤兔马。"

锦木列举古今名马，谏请雅乐头取一个更适合诸侯爱马的名字。于是雅乐头说："喂，这个名字哪里不好？我可是酒井雅乐哦。这马可是雅乐的坐骑，所以叫三弦琴。我乘车时令它拉车，停车时吆喝一声即可。"

接下来是笑点。

我没听过别的版本。然而,我喜欢这个段子,所以曾经在书店看过这个故事。在那个版本中,锦木问:"若是家臣骑了那马的话……"雅乐头如此回答:"会遭天谴!"

叫人好生失望。

总觉得雅乐头之前的形象发出轰然巨响,顿时瓦解。

不过,圆紫大师的表现方式不同,今天表演的这个段子也接近了尾声。

"原来如此,因为是雅乐的坐骑,所以叫三弦琴。"

锦木感叹道,觉得自己后知后觉,轻拍了膝盖,自然地做出了弹奏三弦琴的动作。

"若是家臣骑了那马的话……"

他的右手随着台词做出动作。雅乐头见状,露出了十月骄阳般的笑容。

"会遭天谴吗?"

太鼓声响起,圆紫大师在观众的热烈掌声下,深深一鞠躬。

14

"生日快乐！"

我在椅子上坐下，即使四下无人也不会不安。当我正在发呆时，耳畔响起一个温柔的声音。

我整个人弹了起来，看到圆紫大师、今天有演出的紫先生，以及站在他们后面、刚才也表演过的前座。

"哎呀，师父的私生女……"

紫先生那张五官端正的脸孔转向我。

"就是她吗？"

"没什么姿色欸。"

"哎呀呀，师父真是老牛吃嫩草啊。"

紫先生的声音清亮有活力，他看着我微微一笑。

"那，师父借你。我们家师父很单纯，不可以引诱他哦。"

我和圆紫大师并肩从山手线底下穿过。风停了，然而冷空气冻得人头疼。

"谢谢您，还记得我的生日。"

每次张口呵气，就会冒出白色雾气。

"我没忘，这个日子很难忘。"

坦白说，今天第一个对我说生日快乐的人就是圆紫大师。

早上起晚了，父亲不在，他们公司在年底的星期天还要上班。他的掌上明珠——我姐姐是个星期天比平常更忙的人。母亲昨天一边吃蛋糕，一边想到我的生日，提早祝福了我，所以今天就没再说了。

"请给我一个小时，一个小时应该够了，因为等一下还要跟紫他们喝一杯。"

我知道圆紫大师想去哪里："ad lib，对吧？"

"没错，没错。"圆紫大师开心地复诵道。

"人家已经打烊啦。"

"哎呀。可是，老板在等我们。"

我侧首不解。

"下午我去喝茶时，告诉老板今天是你的生日。老板说如果你去的话，要请你喝特调的皇家奶茶。"

"他还记得我吗？"

"记得很清楚。"

我忽然浑身发热。

一个转弯，光线从"ad lib"的窗户透出来，洒在昏暗的马路上。

15

圆紫大师脱下大衣，坐了下来。我仅拉开夹克拉链，深蓝色海洋一分为二，露出了里面的白色毛衣。

老板端上柠檬茶，放在圆紫大师面前。他的胡子造型令人怀念。

我低头致意:"不好意思。"

"哪里哪里,是我拜托他带你来的。今年的营业时间就到今天为止,明天我要带家人去乡下。很高兴能替最后一位客人献上生日快乐茶。"

脸长得有点地包天的老板,一脸认真地点点头。

"你要去哪里?"

"大分。"

"大分……"

"你去过吗?"

"没有。"

"因为很远。"

老板的视线在半空中飘浮:"我来这里以后,令我惊讶的是没有'浮太'。"

我偏着头:"浮太?"

"一种用海藻制成的食物。在我老家,早上都会有小贩叫卖'浮太,浮太'。那东西可以蘸酱油吃。"

对我来说,那是一个陌生世界,是无数不知道的事情之一,是确实存在于远处的一块土地、一种生活。

"我觉得这里和乡下不一样,不会有小贩上门兜售这种东西。我还特地跑去食材店找,结果也找不到。哎呀,当时真的好想吃。"

老板讲完便回到了柜台。

置身于浅米白色调的"ad lib"内,宽敞的空间令人备感奢华。

圆紫大师从随身的纸袋里拿出一个以美丽的紫红色包装纸包裹的盒子,放在乳白色餐桌上。

"送你。"

大概是我露出诧异的表情,圆紫大师说:"蛋糕。因为不确定你会不会来,只能准备这种东西。总之,这是生日礼物。"

我抬起左手,以指腹轻抚嘴唇,不知道该说什么,自然地笑了。

"哎呀,笑一个,笑一个,美女会变得更美。"

老板走过来说道。这句话就像水渗入干燥的沙土,毫不受阻地进入我的心坎。

"玛德莲蛋糕,柠檬味很重,口感也很好。"圆紫大师说道。

老板将杯子放在我面前,说:"这是皇家奶茶。"

当仙女挥舞魔法棒时,灰姑娘一定也是这种心情吧。

"砂糖别加太多哦!"

老板提醒我,脸上的胡子随着嘴型蠕动。我加了一点,然后啜饮一口,一股暖意与温润的口感在嘴里扩散。我后悔了,根本不必加糖。

"哇!"

老板在我身旁坐下,露出慈父看着孩子在运动会上大放光彩的表情。

"太好喝了。"

"因为是特制的啊。"老板显然很满意,然后说,"一开始我什么都没说,其实在那之后,我一直期盼你能来。所以,当圆紫大师打电话跟我说你在大厅时,我好高兴。"

"为什么又突然提起这件事?"

"在我以前待过的剧团里,有个人跟你好像,活力十足,该怎么形容呢,她浑身散发出光芒。"

对方的哪一点像我呢?

"你的初恋吗?"

老板的大手在面前摇晃。

"才不是咧,我们的身份悬殊,我还在跑龙套时,她可是每一场公演的主角。除了剧团的鼓励奖,她还得过各种各样的戏剧奖,是个戏剧才女,如今已经是公认的一线演员。可是,我总觉得当时是她演戏生涯的巅峰期,说不定现在的功力犹胜当年,不过,就算要她发挥当时的演技,她大概也办不到了吧。"

圆紫大师啜饮着红茶,接话说:"可怕的是,这种情况经常发生。否则,年轻人哪能出人头地。"

原来是因为"年轻"啊。当然,我的发型、长相应该也和对方有几分神似吧。正因如此,老板才愿意等"我"。

"对了……"

差不多该提到那件令人挂心的事了。

16

"继栗毛马之后,是木马哦!"

圆紫大师说道,我心想,原来如此。不可思议的是,我竟然没想到《栗毛马三弦琴》也有马的剧情,大概是太专心聆听圆紫大师的落语,而忽略了这件事。

一如既往,我把事情始末完整地讲了一遍,连不可能成为线索的细节也告诉了圆紫大师,并针对国雄大哥这位关键人物详加说明,顺便提到今天遇见田村小姐以及我与她碰面的事。

我说到一半,眼看着圆紫大师的表情变得轻松愉快。

我讲完之后,圆紫大师露出了婴儿般的幸福表情。

"好棒的故事。"

"什么?"

"哎呀,既然这样,那匹马就是飞到天上去了。"

圆紫大师对着瞠目结舌的我说:"你相信上天的安排吗?"

四周鸦雀无声,我觉得此刻不像置身于都市中,而像在深山的某间茅屋里,仿佛一开门,眼前还有一条清冽的溪流。

我一语不发地看着圆紫大师那人偶般的精致脸庞。

"我很想相信这是老天爷的好意。继前一阵子的'小红帽'事件，舞台背景同样是你住的这个镇。我总觉得按照顺序，发生了人生在世、与人结缘的两件事。"

圆紫大师隔了半响，又说："与其说是暗示，倒不如说是明示吧。这件事在今年的几个问题中，说不定是最简单的。我先确认一下吧，田村小姐去了一趟五天四夜的旅行，今天才回来。她的行程日期是几号到几号？"

我摊开右手，像个孩子般数着手指确认。

"从二十日到二十五日。"

"是啊。国雄先生至少打了几通电话给她？"

"第一天和昨天，所以是两通。"

"那么，国雄先生为什么不在二十一日当晚，把你在圣诞节同乐会摄影的事告诉她，而是拖到昨天才说？"

这是一个意想不到的问题，不知圆紫大师想说什么，我应道："那是因为……一开始打电话是为了求婚，所以不方便闲聊吧。"

圆紫大师面露微笑，抚摸下巴，接着说："下一个问题。你说田村小姐赶制圣诞帽，想亲手交给国雄先生，但又没办法么做，只好用快递寄给他。这是为什么？"

这是个显而易见的问题。

"因为她要去旅行。"

"可是……"圆紫大师和我异口同声。

"田村小姐说'还有几天充裕的时间',对吧?圣诞节同乐会在二十一日举办,那顶帽子在二十一日的几天前做好,假设是十六日或十七日完成,虽然我不知道她家在哪里,但肯定在东京都内或邻近县市。如果想见到对方,两个小时应该到得了,或者也可以在东京碰面,亲自交给对方。但是,她却说办不到。如果只有一天的时间,确实不方便,可是她有好几天哦。"

接着,他调皮地问:"这究竟是怎么回事?"

老板望着天花板,抚摸胡子。圆紫大师舒服地靠在椅背上。

"二十一"这个数字在我的脑袋里不停地打转,答案忽然冒了出来。

"我知道了!她弄错日期了,她以为同乐会在二十四日举办。"

"是啊!"

圆紫大师微笑,老板也一脸顿悟的表情。

"国雄先生没想到田村小姐会送圣诞帽,只是告诉她:'圣诞节我会去幼儿园。'一般人收送圣诞礼物,都是在二十四日的平安夜。田村小姐一心认定如此,对此深信不疑。这么一来,一切都解释得通了。"

我点点头说:"田村小姐急着在出发前,也就是二十日做好圣诞帽,傍晚用快递寄送。所以,她才会说虽然没办法见面,但'还有几天充裕的时间'。"

"是吧。礼物在隔天寄达,但恐怕是国雄先生从幼儿园回来以后,才收到这份礼物的。也就是说,同乐会进行时,国雄先生身上穿戴的是成套的成品。然而,寄来的帽子旁附上一张字条,写着:'圣诞老人,请戴上这顶帽子,把你的木马送给孩子们。'算是来不及了吧!"

圆紫大师询问同为男人的老板。

"这个嘛,也不能这么说。若是有特殊含义,那就另当别论了。"

"是吧。所以,国雄先生昨天又打了一通电话给她。"

这次,连我也十分清楚国雄大哥这么做的理由了。

"他把同乐会的情况说成像是二十四日发生的,对吧?"

"没错。"圆紫大师仿佛有了结论似的,把手伸向茶杯。

"请等一下,那匹木马怎么解释呢?"

"哦,那大概也是国雄先生对女友的一番心意吧。"

不懂。我只好等待解释。

"就算移动那木马需要耗费九牛二虎之力,仍然有人搬得动,就是把木马搬过来的人。他开着那辆做生意的车,和父亲一起把木马搬过来的吧?再用同样方式把木马搬回去。"

"话是没错,但为什么要那么做?"

"我说过,就是为了那顶帽子。正因为来不及,所以想让女友以为赶上了,让她以为那顶帽子在木马送去之前寄达了。"

"哦。"

我轻拍了一下手。圆紫大师接着解释:"如果把这件事特地告诉幼儿园老师,也未免太夸张了,所以他趁半夜把木马搬走,马上再送回去就行了。他把木马放在店里原来的位置,戴着或拿着那顶帽子……"

"然后拍照。"

圆紫大师像个听到满意答案的老师,愉悦地说:"当然了。田村小姐来的时候,铁定会聊到圣诞节同乐会和帽子的事,到时候只要若无其事地把照片拿给她就可以了。国雄先生大概不想让她觉得自己白忙一场吧。"

"共犯是他父亲吧?"

"对。不,说不定他父亲干劲十足地说:'我们去把它搬回来吧!'他们是一对感情融洽、心地善良的父子,所以心里想的都是同一件事吧。"

其中包含着体恤他人的心意,永远守护着那份真挚的情感。

圆紫大师先前说过，这是上天的安排。确实，因为经历过"小红帽"事件，能够听到这种事，令人心生无限的感激。况且在这一天，这也是一份难能可贵的生日礼物。

"怎么样？人类也并非不足取吧？"

这里所说的"人类"这个词，从非常认真严肃的意义上来说，似乎也可以换一种说法，叫做"男性和女性之间的牵绊"。

我用力点点头，心情犹如盛着红茶的茶杯般温暖。

17

我在车站前的斑马线与圆紫大师告别。他叮咛我路上小心，穿着大衣的背影逐渐远去。

路上汽车的黄色光线穿梭在冻僵的空气中，这次轮到我走向车站。

（嘿咻！）

我边走边喃喃自语。

国雄大哥在幼儿园门口抬起木马时，肯定发出了这种吆喝声。我想象当时的心情，除了幽默还有严肃。

通过解谜的过程，我的心灵也获得了解脱。

圆紫大师替我解开的不只是谜团,我内心的某种情绪也悄悄地被解开了。

当我走过斑马线,眼前飘过一片白色物体,我忍不住伸手,它轻盈地落在我那深咖啡色的手套上。

(雪花。)

抬头一看,雪花从遥远的霓虹灯彼端,一片、两片地翩然降临。

"这次积雪会很深哦。"

"不会吧。"

看似上班族的行人竖起大衣衣领,快步从我身旁走过。明天或许是个覆满皑皑白雪的银色世界。

我抬起手,让白色舞者再度飞舞于空中,心想,每个人都要驱动这匹名为人生的马。

我的马啊!它的眼眸啊,鬃毛啊,马蹄啊。

我终于能够坦然珍惜我的幻想。

据说,我在接近午夜时分出生。等一下回到家会是那个时辰吗?

今晚,好好地洗个头吧。

我轻声呼唤越来越多的银色天使。

在那之前,雪啊,请装点我的发。

导读

日常之谜：正视身边的人和生活细节

1987年，是日本新本格推理的"元年"。那一年，绫辻行人带着《十角馆事件》横空出世，打破了自松本清张以来推理文坛被社会派统治的局面，将轻松、娱乐、想象力重新带回推理小说中。

接下去的短短三年，涌现出了一大批富有才华的年轻作家，如法月纶太郎、我孙子武丸、麻耶雄嵩、歌野晶午、折原一、二阶堂黎人、有栖川有栖等。接下来的十九二十年里，他们的新本格推理作品一直是推理市场上的中流砥柱。有趣的是，在这几年里还有一位刚刚出道的新人，他一开始在新本格赛道竞争，多次尝试后开始主攻社会派，最终凭借超强的写作技巧和精彩的写作主题成名，他的名字叫东野圭吾。

可见，日本的现代推理自1987年以来始终是用社会派和新本格两只脚在前行。社会派低头，目光凝视脚下的土壤，观察残酷社会中的真实人性。新本格仰头，用想象眺望浩瀚星空，构筑奇思妙想下的理性世界。

1989年，日本推理界的传承正在延续，新一代的推理作家势头正盛，泡沫经济也来到了历史最高点，一切欣欣向荣。就在这一年，有一位不愿意透露真实身份的作家发表了一本推理短篇集《空中飞马》。

这是一本看起来平平无奇的推理作品，它并没有通过经济、阶层、官僚等因素来反映很深刻的主题，也没有夸张的、天马行空的诡计，甚至没有出现恶性刑事案件。恰恰相反，这是一本恬淡的"日常之谜"。

——没有仰视,也非俯视,而是正视出现在身边的人和发生于日常生活里的谜题。

一年后,日本泡沫经济破碎,千万普通人的生活一夕之间发生翻天覆地的变化,但生活还要继续。除了控诉无情的社会机器,或埋首让自己感到舒适的乌托邦,那种缓慢的真实生活、平淡的一日三餐、最小单位的人和事,虽许久未见,却同样重要。1990年,《空中飞马》的同系列续作《夜蝉》获得日本推理作家协会奖,标志着主流推理文坛对"日常之谜"这一类型的认可,受到《空中飞马》感召而进行创作的推理作家和作品也开始变多。

如今,日常之谜依然属于小众,但它诞生之初便从大开大合的"虚构推理"中脱颖而出,几代日常之谜作品中呈现的不同时代下普通人的"真实感",能让读者有极强的代入感。看这些书,仿佛我不是台下的观众,在看一场舞台上聚光灯下年代久远的经典推理秀,而是故事就在刚刚发生,就在我隔壁的座位。

我在十几年前就读过北村薰的"圆紫大师与我"系列,当时的我极度沉迷《××馆杀人事件》这种类型的小说,当我读完《空中飞马》后,第一感觉是"淡",第二感觉是"怪"。

淡,是因为书中没有发生任何"值得一提"的大事。作为一本收录多个短篇的推理小说,谜团居然都围绕着"为什么她要在红茶里面加那么多糖""做梦梦到一个没见过的历史人物""车上的椅套怎么不见了"这种生活中随处可见的小事。而且,主人公也并非什么了不起的私家侦探或屡破奇案的孤僻天才,而是一个名为"春樱亭圆紫"的落语大师,相当于我们中国的相声演员。虽说他小有名气，专业技能过硬，但怎么看都像一个邻家大叔。最关键的是作品的主视角"我"，自然也不是名侦探的助手，而是一个再平凡不过的十九岁大一新生。

怪，是因为违背了对写作结构的预期。我原以为既然是推理小说，那么"日常之谜"重点也应该在"谜"上，但其中有一篇小说，"谜"几乎在最后十分之一处才出现，紧接着落语大师出场，瞬间破解。和其他开篇即有悬念有案件的小说相比，"日常之谜"的重点却是在日常上。

这时我才恍然大悟，"日常之谜"不是"谜之日常"，日常本身是平凡的，只是日常中包含有一定的谜团。它们可能只占日常的十分之一，但也需要你的耐心、细心和关心才能发现，进而破解。

当然，以上都是主题和创作层面的总结，如果要细看，我发现书中即便是微小的谜团，也有令人意外的展开和充满巧思的诡计。而日常部分，女主角和同学、长辈的沟通，她的所思所想，竟如此真实且犀利。

所以看完《空中飞马》，我便很好奇该系列的后续作品，因此第一时间找来阅读。

北村薰的第二作《夜蝉》从收录5个短篇，变成了3个短篇。而增加的篇幅并没有用于在谜题部分大做文章，而是更加肆意地描写日常的复杂情绪。如果说第一本的主角只是一位单纯稚气的大一学生，这本中升入大二的女主角则和世界有了更深的连接，思考的问题也更加深沉、细腻。

1991年发表的《秋花》，是这个系列第一本长篇小说。我们一路跟着主角，从大一时的天真童趣、朝气蓬勃，大二时的平静舒缓、略带哀愁，到大三时终于开始直面一个人的死亡，我们不得不长大，接受一些不堪和无奈的事情，即便我们对此早有预料。本作中，"侦探"并没有前置，北村薰依然用日常的笔触，聚焦于平凡个体在历经成长时的失去和寻问。此外，在文本层面，短篇到长篇的变化映射了"成长"这一关键词，如今回头看真的要为作者击节叫好。

系列的第四本《六之宫公主》是其中最特殊的一本，大四的女主角为了写毕业论文，展开了关于芥川龙之介《六之宫公主》的调查。这是真实的历史，但不算未解之谜，硬要说的话，算是"历史日常之谜"吧。在我看来，这也许是"日常之谜"的本质，随着角色的成长，关注的问题随之变化。在伦敦公寓破解皇室钻石被窃的是神探，而在大四的课间思考论文怎么写，是"我"的日常。

"我"的日常？一直读到这本，我才惊觉，我居然还不知道女主角叫什么名字，她一直隐藏于"我"这个人称之后，我们却真实而诚恳地和她一起走过了大学时光。原来，日常之谜写的不是"ta"的故事，而是"我"啊。

系列的前四本，北村薰以一年一本的速度出版。作品中，女主角也是一年一年地成长。但之后的《朝雾》一直到1998年才正式出版，书中的女主角也已经成为一名编辑。时隔多年，再次相遇，就像毕业几年后的同学聚会，有很多东西变了，比如"我"和落语大师不像以前那样频繁联系，比如"我"没有大把时间去读书，比如自我成长型的烦恼变成了工作中的困扰。但有更多的东西没有变，比如《朝雾》回到了《空中飞马》的短篇形式，比如"我"的日常平淡得和大一时一样，比如"我"依然保持对真实生活细节的好奇，依然能发现随处可见的"日常之谜"。

新的成长开始了，生活是步履不停的。从《朝雾》回望《空中飞马》的那一刻给我带来了极强的能量与宽慰。

很少有推理小说能像个好友一样，给予我"陪伴感"，所以当我得知北村薫的这个系列完结的时候十分不舍。

多年来，我也一直在合适的场合推荐朋友这套书，但遗憾的是一直没有简体中文译本出版。

十月底，"轻读文库"的老师联系我，说这套书他们准备引进出版，并且这一次，还有此前未有过中文译本的第六作《太宰治的词典》，这让我喜出望外。

但一上头答应写这个系列的"导读"后，我又有几分忐忑，一方面我真的很想推荐给所有人（不仅限推理迷），另一方面，我又觉得这个系列其实更像一个朋友，一个名为"我"的朋友。

把它带来的是"轻读文库"，真正和它接触交流的是诸位读者自己。与其介绍这位朋友的出生、成就和名气，不如谈谈我自己接触下来的感受。

祝大家享受阅读，享受每一刻日常。

陆烨华

产品经理:杨子兮
视觉统筹:马仕睿 @typo_d
印制统筹:赵路江
美术编辑:程 阁
版权统筹:李晓苏
营销统筹:好同学

豆瓣 / 微博 / 小红书 / 公众号
搜索「轻读文库」

mail@qingduwenku.com